Der zweite Mann an meiner Seite

Luise Isover

Der zweite Mann an meiner Seite

Bibliografische Information der Deutschen Nationalbibliothek:
Die Deutsche Nationalbibliothek verzeichnet diese
Publikation in der Deutschen Nationalbibliografie; de-
taillierte bibliografische Daten sind im Internet über
http://dnb.dnb.de abrufbar.

Illustration: Jaqueline Kropmanns
Korrektorat/Lektorat: Schreibmanufaktur
Christin Vater

Herstellung und Verlag: BoD–Books on
Demand,
Norderstedt

ISBN: 978-3- 748-167044

Inhaltsverzeichnis:

1. Das Leben im Witwenhaus

Wie jeden Morgen in den letzten vier Jahren gab es ein Ritual, das Adele eingeführt hatte.

Sie beteten zu den Göttern und anschließend frühstückten sie gemeinsam. Die Witwen liebten ihr kleines Morgenritual. Hier konnten sie alles gemeinsam besprechen und niemand kam zu kurz, da genug Zeit war. Danach gingen sie ihren täglichen Arbeiten nach.

Aditi, wie Adele hier seit Jahren nur noch genannt wurde, da sie ihren westlichen Namen abgelegt hatte, brachte als erstes ihre Kleine in den neu eingerichteten Kindergarten. Witwen mit kleinen Kindern konnten diese in der Einrichtung kostenfrei abgeben, um dann ihrer Arbeit nachgehen zu können. Diese Frauen, die weit mehr als ihren Partner verloren hatten, hatten genug Kummer erlitten, um sich jetzt auch noch über die Finanzen Sorgen machen zu müssen.

Aditis Arbeit bestand darin, immer wieder Geld durch Spenden zu sammeln. Dann gab es da noch die Behörden, mit denen sie sich auch herumschlagen musste. Es war ihr gelungen, dass es einmal im Monat, immer donnerstags, einen öffentlichen Basar auf dem Platz gab, wo auch Händler aus der Stadt ihre Waren vertreiben konnten. Das Ganze war ein großer Erfolg. Durch den etablierten Basar konnten die weißen Frauen ihre Waren leichter an die Kundschaft verkaufen. Da sie nun auf andere Händler verzichten konnten, hatten sie somit einen höheren Erlös, welcher dem Witwenhaus zugutekam.

So ein Donnerstag war heute. Die Frauen sangen und tanzten, während sie ihre Stände aufbauten und dekorierten. Sie legten die Waren aus, die sie zum Verkauf anbieten wollten, und waren glücklich, dass sie an so einem schönen Tag die Möglichkeit hatten, auf dem Basar zu sein.

Aditi hatte noch einen wichtigen Termin bei der Verwaltung. Ihr Weg führte sie vorbei an ihrem alten Zuhause, was ihr noch immer einen Stich versetzte und vorbei am Haus der Sharmas.

Sie schaute zur anderen Straßenseite, als sie sah, dass die Tür offenstand und Jodha und Sunika sich von Bamita verabschiedeten. Aditi merkte, wie ihr die Tränen in die Augen stiegen und wischte sie sich mit einer schnellen Handbewegung von den Wangen ab, damit der Rikschafahrer nichts merkte. Es war lange her, dass sie die Sharmas gesehen, geschweige denn mit ihnen ein Wort gewechselt hatte. Immer und immer wieder nahm sie sich vor, sie zu besuchen. Doch noch immer schmerzte es sie, wenn sie an die glücklichen Zeiten in diesem Haus zurückdachte.

Und dieser Schmerz hinderte sie jedes Mal daran, ihre zweite Familie zu besuchen.

Bei der Stadtverwaltung angekommen, bat sie den Fahrer, auf sie zu warten, und ging in das Gebäude. Das Gebäude war riesig, mit vielen Türen und verwinkelten Ecken, in denen Menschen warteten, bis sie an der Reihe waren. Doch mittlerweile verlief Aditi sich zum Glück nicht mehr. Sie wusste genau, wohin sie wollte und legte den Weg mit sicheren Schritten zurück.

Es dauerte, bis sie an der Reihe war.

Sie wollte nur einen Antrag zur Erweiterung des Marktes aufgeben, damit die Frauen auch außerhalb des Platzes ihre Stände aufstellen konnten. Und außerdem für ein paar Schilder, die auf den Markt aufmerksam machen.

Sie wusste, dass der Beamte von ihr etwas verlangen würde. Denn das war üblich. Genau dafür hatte sie etwas Geld dabei, aufgeteilt in kleine Pakete und versteckt unter ihrem Sari.

Als der Beamte Aditi erblickte, winkte er sie zu sich. „Namaste. Was kann ich heute Schönes für Sie tun, Frau Zsupra?"

„Ach wissen sie, Herr … " Sie suchte ein Namensschild, fand jedoch keines und lächelte stattdessen. „Ich benötige ein Formular für die Vergrößerung des Marktes bis zum Anfang unserer Straße."

„Hmm … ", machte er und musterte Aditi nachdenklich. „Sie wissen ja", er rieb seinen Zeigefinger und den Daumen aneinander.

„Natürlich." Aditi verstand diese Korruptheit keineswegs, holte jedoch ein kleines Bündel aus ihrem Sari und überreichte es ihm.

„Doch nicht so!", zischte er und schaute sich verstohlen nach allen Seiten um. Hier im Großraumbüro, wusste man immerhin nie, wer zuhörte.

„Wenn das jemand mitbekommt!"

Aditi sparte sich jeglichen Kommentar.

Sie fand es mehr als dreist, wie man mit den Witwen umging.

Trotzdem musste sie freundlich bleiben. Der Beamte saß am längeren Hebel. Nach einer kurzen Entschuldigung legte sie das Bündel zwischen zwei Blätter und schob es dem Beamten über den Tisch hinweg zu.

Er ließ sich Zeit, bis er den Inhalt der Blätter in Augenschein nahm. „Gut, gut Frau, aber das ist doch nicht ihr Ernst. Sie wollen nur die halbe Straße?"

„Wie bitte?" „Das Geld reicht lediglich für die halbe Straße", wiederholte der Beamte, obwohl Aditi ihn sehr wohl verstanden hatte. Und seinem Grinsen nach zu urteilen, wusste er ganz genau, worauf sie hinaus wollte.

Aditi schnaubte.

„Guter Herr",

Aditi musste sich zusammenreißen, ihn nicht wüst zu beschimpfen, für die Art und Weise, wie er mit ihr, und somit auch mit den Witwen, umging,

„das ist viel Geld und außerdem…"

Der Beamte unterbrach Aditi. „Wenn Sie nicht wollen..." Er beugte sich zur Seite, um die Tür hinter Aditi in Augenschein zu nehmen. „Der Nächste, bitte!" Er winkte nach dem Mann, der in der Schlange als Nächster dran war.

„Nein, warten Sie!" Noch einmal holte sie ein Bündel unter ihrem Sari hervor und legte es ihm auf den Tisch. „Ich hoffe, das ist genug Geld, um die ganze Straße zu bekommen."

„Ja, das kann man sagen. Ich stelle Ihnen die Erlaubnis für ein halbes Jahr aus."

„Ein halbes Jahr?", unterbrach Aditi dieses Mal den Beamten, „waren diese Anträge nicht für ein Jahr?"

„Ja, das hat sich gerade geändert."

Er grinste und Aditi fand ihn widerlich. Sie war sauer und konnte sich kaum zurückhalten. Lediglich die Vorahnung, dass er noch unfairer werden würde, wenn sie dazu etwas sagte, ließ sie den Zettel schleunigst an sich nehmen, um ohne Gruß anschließend das Büro zu verlassen.

Der Rest, den sie in diesem Gebäude noch zu erledigen hatte, kostete sie nicht halb so viele Nerven, wie das Gespräch mit dem Beamten, sodass Aditi bald das Gebäude verlassen konnte. Als sie auf die Straße trat, hielt sie ihre Papiere gut unter dem Arm versteckt.

Der Weg bis zur Rikscha war nicht weit und dennoch beschlich sie ein unangenehmes Gefühl. Woher es kam, konnte sie selbst nicht sagen. Sie sah sich nach allen Seiten um, doch etwas Verdächtiges feststellen konnte sie nicht. Dennoch schob sie die Papiere unter ihren Sari, als sie anhielt, um nach dem Rikschafahrer Ausschau zu halten.

Verdammt, wo ist dieser Fahrer nur wieder hin, dachte sie.

Sie machte sich auf die Suche, denn weit konnte er nicht sein. Schließlich bekam er immer gutes Geld für die Hin- und Rückfahrt.

Fündig wurde sie schließlich an einem kleinen Imbisswagen am Markt.

Sie ging auf ihn zu und sagte ihm, dass sie fertig sei und er sie wieder zurückbringen könne. Er nickte und nachdem er seinen Tee bezahlt hatte, ging er mit Aditi zurück zur Rikscha.

Wieder beschlich sie dieses seltsame Gefühl, als würde sie beobachtet werden. Doch nachdem der Fahrer bei ihr war und sie dieses Gefühl bei ihm nicht feststellen konnte, da er sich normal verhielt, versuchte sie, den Gedanken wieder abzuschütteln.

Die Rikscha bog in die Seitengasse ein, in der sich das Witwenhaus befand und Aditi gab dem Fahrer sein Geld. Er bedankte sich höflich, indem er sich mit geschlossenen Händen vor der Brust verbeugte. „Danke, Madam!"

„Ich danke Ihnen ebenfalls", erwiderte Aditi lächelnd und stieg aus.

Sie verabschiedeten sich höflich und Aditi ging das letzte Stück bis zum Hof allein weiter, während die Rikscha drehte und die Straße wieder verließ.

Es waren noch zehn Schritte, bis zum Hof, als sie plötzlich an ihrem Sari festgehalten wurde und herumfuhr. Vor ihr, den Sari noch immer in der Hand, standen Jodha und Sunika.

Aditi stieß erleichtert die Luft aus, als sie die Mädchen erblickte. „Was macht ihr den hier?"

„Wir haben dich gesehen und wollten mit dir reden, verzeih uns bitte!"

Seufzend ging Aditi einen Schritt auf die beiden zu und öffnete ihre Arme.
Sofort stürzten sich beide Mädchen gleichzeitig hinein und klammerten sich an ihr fest.

Jodha und Sunika weinten vor Freude. Und auch Aditi traten Tränen in die Augen.
„Hey, hey", sagte Aditi mit erstickter Stimme und schob die beiden sanft ein Stück von sich, um sie richtig ansehen zu können. „Es ist alles gut. Jetzt werden wir erst einmal eure Gesichter reinigen und dann könnt ihr mit mir reden, okay?"

Schluchzend stimmten die beiden zu und wurden von Aditi ins Haus gebracht. Während die Kinder im Bad waren, bereitete sie in der Küche Tee und Kekse vor. Sie wusste, dass die beiden Süßes mochten.

Da sie regelmäßig aus der Schweiz Pakete mit Keksen und Schokolade bekam, gab es für

Besucher auch immer eine kleine Auswahl der Leckereien. Gerade als sie fertig war und alles auf dem Tisch stand, öffnete sich die Tür und die Mädchen kamen in die Küche geschlichen.

„Setzt euch", sagte Aditi. „Warum wolltet ihr mit mir sprechen?? Geht es Bamita und eurer Mutter gut?"

„Ja den beiden geht es gut", antwortete Jodha.

„Aber Onkel Rahul nicht", ergänzte Sunika. „Er ist krank und liegt im Hospital. Dort wo ...", Sunika zögerte, „Sebastian lag. Er wartet auf dich."

„Was? Wieso auf mich? Hat er das gesagt?"

„Nein, hat er nicht, Aber seine Augen sagen es, wenn wir über die alten Zeiten reden."

Aditi zögerte sichtlich.

Rahul lag in dem Krankenhaus, in welchem sie ihren Sebastian verloren hatte. Sie wusste nicht, ob sie es aushalten würde, dorthin zu gehen und Rahul zu besuchen. Schon beim Gedanken an dieses Hospital, beschleunigte sich ihr Herzschlag unangenehm. Doch die beiden Mädchen, die hier vor ihr saßen und sie erwartungsvoll anschauten, ließen sie einlenken.

„Ok, ich mache euch einen Vorschlag: Morgen fahren wir zusammen zu Rahul und besuchen ihn." Sie versuchte sich an einem Lächeln, konnte aber selbst spüren, dass es nicht echt war. Sie freute sich, die Mädchen wiederzusehen, doch die Aussicht ins Krankenhaus zu gehen, machte diese Freude wieder zunichte. „Wolltet ihr über noch etwas Anderes mit mir sprechen?"

„Ja", platzte Sunika heraus.

Doch ihre Schwester unterbrach sie sofort.

„Wir hatten besprochen, dass wir nur über Onkel mit Aditi reden.".

„Aber ich möchte, dass Aditi weiß, wie sehr sie unserer Familie in den letzten Jahren gefehlt hat." „Ich denke, das weiß sie auch so." Sunika drehte sich um und verließ die Küche.

„Entschuldige bitte das Benehmen von Sunika, sie ist manchmal schnell aufgebracht."

„Nein, Jodha, du brauchst dich nicht entschuldigen, es ist alles in Ordnung. Sie darf ruhig böse auf mich sein."

„Was macht denn die kleine Nishay?"

„Du kannst dich noch an meine Nishay erinnern?", staunte Aditi. „Aber ja, wie könnte ich die Kleine vergessen? Sie war doch so oft bei uns." Aditi lächelte. Jodha hatte recht. „Ich muss die Kleine aus der Betreuung abholen. Magst du mitkommen?" „Ja, bitte!"

„Na, dann komm."

Aditi und Jodha machten sich auf den Weg zur Kinderbetreuung. Sunika schmollte solange in Aditis Wohnung.

„Wo müssen wir denn hin?", fragte Jodha aufgeregt. „Nur quer über den Hof. Dort, das Haus mit der blauen Blume an der Tür.

Da sind die Kinder untergebracht, damit die Mütter arbeiten können."

Sie holten Nishay ab. Jodha nahm die Kleine gleich an die Hand und ging mit ihr auf den Hof, da Aditi noch etwas mit der Betreuerin zu besprechen hatte.

Sie war erstaunt und erfreut zugleich, dass ihre Tochter, trotz der Jahre, in denen sie Jodha nicht gesehen hatte, einfach mit ihr ging.

Selbst die schmollende Sunika wickelte Nishay sofort um den Finger, sodass die drei Mädchen einen schönen Nachmittag verbrachten.

Am Abend brachte Aditi die Mädchen nach Hause. An der Tür verabschiedete sie sich mit einer Umarmung von den beiden. Als sie gehen wollte, hielt Jodha sie jedoch auf.

„Nein, Adele, geh nicht weg! Sie freuen sich bestimmt, wenn du da bist."

Adele schüttelte den Kopf. „Das ist nicht der richtige Zeitpunkt.

Ein anderes Mal, versprochen. Außerdem sehen wir uns morgen am Krankenhaus."

„Okay, dann bis morgen um die Mittagszeit. Ist dir das recht?"

Aditi bestätigte, dass sie dort sein würde, und verabschiedete sich, um zum Witwenhaus zurückzugeben.

Während sie ihre Tochter ins Bett brachte, waren ihre Gedanken die meiste Zeit bei der Familie Sharma. Wie Bamita wohl morgen auf sie reagieren würde?

Ob sie noch immer dieses herzliche Verhältnis hatten, oder hatte die Zeit dafür gesorgt, dass sie sich fremd geworden waren?

Sie wusste, das waren alles Fragen, mit denen sie sich die halbe Nacht beschäftigen würde.

Und ihre Vermutung sollte sich bestätigen.

Es war vier Uhr in der Früh und die Sonne zeigte ihre ersten Strahlen, als sie endlich die Augen schloss, um noch ein paar Minuten zu schlafen.

2. Die Begegnung im Hospital

Es war bereits acht Uhr, als Adele von Nishi, so nannte sie ihre kleine Tochter, geweckt wurde. „Ja, guten Morgen mein kleiner Schatz. Heute sind wir sehr spät dran, da müssen wir dich schnell anziehen und es gibt ein Frühstück auf die Hand". Adele rief nach dem Essen eine der Frauen zu sich und bat sie, die Kleine in die Betreuung zu bringen. Was auch gleich erledigt wurde. Dann ging sie und machte sich zurecht. Sie suchte in ihrer großen verzierten Kiste, im Zimmer unter dem Fenster, einen ganz bestimmten Sari.

Nein, heute nicht. Heute zog sie das erste Mal seit vier Jahren keinen weißen Sari an.

Als sie fertig war, stand sie vor ihrem Spiegel neben der Tür und schaute sich an. Es war ein ungewohntes Bild. Sie, die Witwe, in einem Sari aus grüner Seide und Chiffon, mit vielen aufwendigen goldenen Stickereien auf der durchsichtigen Dupatta.

Trotz dieses ungewohnten Bildes gefiel ihr, was sie sah. Ja, so konnte sie das Haus verlassen. Kaum hatte sie die Tür zu ihrem Zimmer geöffnet, um in den Hof zu treten, sah sie sich einigen Frauen gegenüber, die sie erstaunt anschauten.

„Was machst du da? Warum hast du einen Sari in dieser Farbe an?", wollte eine der Frauen wissen.

Aditi zupfte an ihrem Sari und räusperte sich, um Zeit zu gewinnen, konnte sie diese Frage doch nicht ehrlich beantworten. „Ich muss mich verkleiden. Ich weiß, dass es nicht richtig ist, aber es muss sein."

„Aber, du bist eine Witwe, so wie wir alle, und wenn du mit so einem Beispiel vorangehst, machen es die anderen dir nach."

„Ja, ich weiß, es ist aber erforderlich! Ich … erkläre es euch irgendwann, versprochen."

Ohne weitere Diskussion verließ Aditi das Witwenhaus. Die Frauen, überrascht von Aditis heftigem Auftreten, gewährten ihr den Ausgang.

„Ich weiß nicht, wo das Problem ist! Ich habe ja nicht einmal Schmuck angelegt. Was wollen die immer nur von mir? Wenn ich für sie alles regele und sie Vorteile haben, ist alles gut. Aber wenn ich mal etwas anders mache, dann ist alles nicht gut."

Aditi redete so laut mit sich, dass die Frauen mitbekamen, wie ungehalten sie war. Schnell rannten einige von ihnen hinter ihr her, doch die Rikscha, in der Aditi saß, fuhr los, ohne dass sie sie erreichen konnten.

Am Haus der Sharmas hielt die Rikscha an.

„Warten Sie hier, ich bin gleich wieder da". Adele klingelte an der Tür und Sunika öffnete.

„Hallo Adele, komm doch rein."

Adele faltet die Hände und grüßte Sunika und Jodha ebenfalls. „Guten Morgen, ihr zwei. Können wir los?"

„Nein, Mutter fehlt noch und Großmutter geht es heute nicht so gut. Der Kreislauf!", sagte sie.

„Na gut, dann sind wir nur zu viert." Die Mädchen stiegen in die Rikscha und Adele wartete auf Anjalie, die gerade die Treppe herunterkam, als Adele in den Hof ging.

Nachdenklich blickte sie zurück zum Haus und fragte sich, ob es wirklich der Kreislauf war, der es Bamita unmöglich machte, ihren Sohn zu besuchen oder ob sie selbst der Grund war, warum sie nicht mitkommen wollte.

Anjalies Ankunft auf dem Hof, holte Aditi wieder aus ihren Gedanken. Ihre Freundin lief mit ausgestreckten Armen auf sie zu, um sie herzlich an sich zu drücken. „Ach, Aditi, ich bin so froh, dich wieder zu sehen und in meine Arme zu schließen."

Auch Aditi hielt ihre Freundin fest in ihren Armen, nicht minder glücklich. Zumindest hier bestätigte es sich nicht, dass sie sich entfremdet hatten.

„Also, wenn wir jetzt nicht losfahren, dann sind die Straßen zu voll und es ist zu heiß", ermahnte Jodha ihre Mutter.

Endlich konnten die beiden Frauen sich voneinander trennen und zur Rikscha gehen, um ins Krankenhaus zu fahren.

Je näher sie dem Hospital kamen, umso mulmiger wurde es Aditi. Gleich würde sie auf Rahul treffen und sie wusste nicht, wie sie ihm gegenübertreten sollte. Ihre Trennung lag so lange zurück und sie konnte nicht sagen, wie er auf sie reagieren würde. Würde er sie beschimpfen oder sogar aus dem Zimmer werfen? Die Mädchen waren der Ansicht, dass er sie sehen wollte, doch konnte es auch ganz anders sein. Oder aber ihre Vorstellungen waren einfach übertrieben und das schlechte Gewissen, sich so von der Familie zurückgezogen zu haben, sprach aus ihnen.

„Aditi was ist los? Komm, wir wollen zu Rahul!"

Aditi war vor dem Hospital stehengeblieben, während die anderen bereits die Drehtür passiert hatten. Ihr Atem ging flacher als üblich. Immer wieder fuhr sie mit ihren Handflächen über den Sari, während sich ihre Beine weigerten, weiterzugehen. Erst Anjalies Rufen holte sie aus ihren schlimmen Gedanken an den Tod von Sebastian.

Anjalie ging zu ihr auf die Straße. Als sie sah, dass Aditi ihre Tränen zu verbergen versuchte, zog sie sie in ihre Arme. „Du darfst ruhig weinen", flüsterte sie. „Schließlich sind die Erinnerungen an das, was hier geschah, nur vier Jahre her."

„Danke, aber es geht schon." Aditi löste sich aus der Umarmung und atmete tief ein. Es war ihr unangenehm. Als weiße Frau durfte sie keine Schwäche zeigen. Auch wenn man jetzt nicht sah, dass sie eine Witwe war.

„Lass uns zu deinem Bruder gehen."

Anjalie war nicht davon überzeugt, dass es Aditi gut ging. Dennoch folgte sie ihr ins Krankenhaus. Aditis Schritte ließen vermuten, dass sie es nur schnell hinter sich bringen wollte, so energisch betrat sie das Gebäude.

Sie fanden Jodha und Sunika wartend vor der Tür zu Rahuls Krankenzimmer. Als die beiden Frauen zu ihnen aufgeschlossen hatten, öffnete Jodha stürmisch die Tür. Rahul schlief noch. Die Mädchen fingen sofort an zu streiten, wer Rahul wecken durfte.

„So laut, wie ihr seid, braucht niemand mich wecken", seufzte Rahul und sah die Mädchen halb tadelnd, halb belustigt an.

„Aber Onkel, gestern hat Jodha dich geweckt und heute wollte ich", meinte Sunika.

„Das ist doch egal! Hauptsache es weckt mich irgendeiner von euch. Und zwar ohne Gezanke."

„Schau, wen wir dir mitgebracht haben", sagte Anjalie, um der weiteren Diskussion aus dem Weg zu gehen.

Etwas unsicher schaute Aditi hinter Anjalie hervor. Sie hatte sich zunächst im Hintergrund halten wollen. Doch nun, so direkt angesprochen, konnte sie nicht anders, als sich Rahul zuzuwenden. Als ihre Blicke sich begegnete, lächelte Aditi. „Hallo, Rahul", kam es leise, kaum hörbar, aus ihrem Mund.

„Hallo Aditi", antwortete Rahul. Er streckte die Hand nach in ihre Richtung aus und zeigte anschließend auf einen Stuhl, der neben dem

Bett stand. „Komm, setz dich. Wie geht es dir, Aditi?"

„Gut."

„Und der kleinen Nishay? Wie geht es ihr?"

„Auch gut. Sie ist mittlerweile schon groß und möchte immer ihren Kopf durchsetzen! Sie ist ein kleiner Wirbelwind."

Adele schwärmte von ihrer Kleinen und erzählte ihm lauter kleine Geschichten, welche Unruhe die Kleine in das Witwenhaus gebracht hatte. Rahul schmunzelte darüber. Sie redeten, ohne ihre Blicke voneinander zu trennen, und beide bemerkten nicht, dass Anjalie und die Mädchen das Zimmer bereits verlassen hatten. Aditis Ängste schienen komplett unbegründet zu sein. Es war genauso leicht mit Rahul zu reden, wie immer, sodass sie sich immer mehr entspannte.

„Und bei dir?", fragte Adele. „Was ist los? Warum liegst du hier und warum wolltest du mich sehen?"

„So viele Fragen", lächelte Rahul, „lass mich ein wenig wacher werden, dann kann ich sie dir vielleicht beantworten", wich er aus. Und auch wenn Aditi wissen wollte, was mit ihm geschehen war, kam sie seinem Wunsch nach.

Sie selbst war auch froh, dass sie für den Moment nicht über sich reden musste und begnügte sich damit, ihn einfach nur anzuschauen, froh darum, dass es nicht kompliziert zwischen ihnen war.

Als Rahul die Hand von seinem Brustkorb nahm, wo er sie in den letzten Minuten geparkt hatte, und diese auf Aditis Hand legte, zuckte sie zurück. „Uhm... tut mir leid." Sie stand auf, um zur Tür zu gehen, drehte sich dort noch mal um, als wollte sie etwas sagen, und verließ dann doch, ohne ein Wort zu sagen, das Krankenzimmer.

„Aditi warte", rief Rahul ihr nach. Doch sie wartete nicht und drehte sich auch nicht noch einmal um.

„Aditi?", rief Anjalie, als sie den Besucherbereich passierte. Doch auch hier lief sie stur weiter.

„Warte doch mal! Warum gehst du?" Anjalie eilte hinter ihr her und umfasste vorsichtig ihren Arm, um sie zum Anhalten zu bringen.
„Das war ein Fehler!" Aditis aufgeregte Stimme hallte laut über den Flur. „Ich hätte das nicht tun sollen." „Was hättest du nicht tun sollen?" „Ich hätte nicht herkommen sollen.

Das war falsch. Ich bin eine Witwe und keine junge Frau." „Aditi, beruhige dich bitte." Anjalie wollte sie tröstend in die Arme nehmen, doch Aditi wehrte diesen Versuch ab.

„Nein, bitte, lass mich! Ich muss gehen."

Aditi zog ihren Arm aus Anjalies Hand und ging. Anjalie lief zu Rahul ins Zimmer, sah, dass er in seinem Bett lag und an die Decke starte.

„Was ist hier geschehen? Warum ist Aditi weggelaufen?", fragte sie ihren Bruder.

Auch Jodha und Sunika kamen herein und berichteten, dass sie Aditi gesehen hatten, als sie weinend in eine Rikscha gestiegen war.
Rahul erzählte seiner Schwester von seinem Gespräch mit Aditi. „Vier Jahre lang, habe ich versucht, nicht an sie zu denken. Und plötzlich steht sie hier im Zimmer und es ist, als wäre keine Zeit vergangen. Sie ist mir noch immer so vertraut."

Es wurde ihm klar, dass er um sie kämpfen musste, da er sie liebte, und glaubte, dass es ihr ähnlich ging, so wie ihre Blicke sich miteinander vereinten.

„Ja", sagte Anjalie, „ich glaube auch, dass ihr beide für einander bestimmt seid und ihr eine zweite Chance verdient habt. Aditi war lange genug eine Witwe."

„Anjalie, das ist nicht so einfach, wie du dir das denkst."

„Doch, das ist es, lass mich mal machen. Du schreibst jetzt einen Brief an Aditi, den ich ihr bringe. Dann werde ich auch sehen, wie sie reagieren wird. Schreib! Ich werde uns in dieser Zeit einen Tee holen."

„Also gut." Rahul seufzte ergeben. Gänzlich überzeugt war er nicht von diesem Plan, aber unumstritten war es eine Möglichkeit, herauszufinden, inwieweit Aditi seine Gefühle erwiderte.

Als Anjalie wiederkam, war Rahul noch immer mit dem Brief beschäftigt.

„Bist du bald fertig?", fragte sie ungeduldig.

„Ja gleich, warte. Ich muss mir genau überlegen, was ich schreibe. Du weißt, dass Aditi nicht leicht zu überzeugen ist."

„Aber dazu brauchst du keinen Roman schreiben. Es reichen doch ein paar Worte."

„Ach ja, und was soll ich ihr für Worte schreiben? Etwa: Ich liebe dich, komm zu mir und heirate mich, dann geht es deinem Kind gut?"

„Nein, natürlich nicht so. Aber, im Großen und Ganzen ist es doch das, was du ihr sagen willst, oder etwa nicht?"

„Nein, ich habe ihr viel mehr zu sagen und wenn sie mir nicht zuhört, dann schreibe ich es ihr. Denn dann kann sie immer wieder lesen, was ich ihr zu sagen habe. Jetzt lass mich diese Zeilen zu Ende schreiben, sonst wird das noch bis morgen dauern."

Anjalie setzte sich in den Sessel am Fenster und wartete geduldig, bis Rahul endlich fertig war. Als er ihr den blauen Umschlag überreichte, der ganz schlicht an *Aditi* adressiert war, hob sie die Augenbrauen, ließ es aber ansonsten unkommentiert. Sie nahm den Brief an sich und schob ihn in ihre Tasche.

„Also gut. Es ist doch spät geworden. Wir sehen uns bald wieder."

Nach einem Kuss auf die Wange ihres Bruders, machte Anjalie sich auf den Weg nach Hause. Dort setzte sie Jodha und Sunika ab und machte sich etwas frisch, um gleich weiter zu Aditi zu fahren. Als sie ihr Ziel erreicht hatte, war es schon dunkel und sie wusste nicht, ob es eine gute Idee war, ihr den Brief heute noch zu geben.

Als Anjalie vor Aditis Tür stand, nahm sie den Brief aus der Tasche und blickte einen Moment lang auf die Klingel, ehe sie den Knopf drückte.

Aditi, die gerade dabei war, Sachen für den nächsten Tag vorzubereiten, ließ von ihrer Arbeit ab und öffnete die Tür. Nachdem was im Krankenhaus geschehen war, war sie nicht überrascht, dass sie nun vor ihrer Tür stand.

„Anjalie … " Aditi senkte verlegen den Blick, nachdem sie ihre Freundin begrüßt hatte. Die Szene im Hospital war ihr unangenehm. Anjalie blieb das nicht verborgen und um Aditi nicht weiter zu beschämen, sagte sie.

„Ich bin nur hier, weil …"

„Komm erst einmal herein, ich mache uns einen Tee!" lenkte Aditi sich, aber auch Anjalie, ab. Sie mussten das, was Anjalie wollte, ja nicht zwischen Tür und Angel besprechen.

„Danke für den Tee, das ist nett."

Anjalie nahm auf dem roten Sessel mit den goldenen seitlichen Verzierungen Platz. Sie versank regelrecht in dem Sessel. „Ach herrje, der ist aber weich", rief sie überrascht aus. Aditi lachte bei dem Anblick, wie ihre Freundin in dem Sessel hing, gelöst los. Der Tee musste erst mal warten.

„Wie schön, dass du dich so über diesen Anblick amüsierst." Anjalie versuchte sich an einem strengen Blick, da Aditi sich noch immer über sie lustig machte. Doch sie konnte ihn nicht halten. Sie stimmte in Aditis Lachen ein und ergriff die Hand, die ihr gereicht wurde, um ihr aufzuhelfen.

Erst das Pfeifen des Teekessels riss Aditi aus dieser Situation. Sie lächelte Anjalie einen Moment lang an und kehrte schließlich in die Küche zurück, um den Tee aufzugießen. „Also, weshalb bist du jetzt hier?", fragte sie und schenkte Tee in zwei Tassen. Anjalies schob sie ihr über den Tisch zu.

„Ich habe einen Brief für dich."

Aditi nickte. „Von Rahul."

Anjalie entging nicht, dass es keine Frage war, sodass sie diese Feststellung mit einem Lächeln quittierte.

„Danke, ich werde ihn später lesen, wenn ich Zeit habe."

Das war nicht die Antwort, die Anjalie hören wollte. Deshalb fragte sie nach. „Na, willst du nicht wissen, was in dem Brief steht? Bist du nicht neugierig?"

„Doch schon! Aber ich kann doch nicht einfach lesen, während ich Besuch habe."

„Mich stört das nicht, das kannst du ruhig machen." „Du bist neugierig, was er geschrieben hat, nicht wahr?" Anjalie lächelte ertappt, woraufhin Aditi mit einem Seufzen den Umschlag aufriss und begann, Rahuls Brief zu lesen.

Meine liebe Aditi,
heute habe ich das erste Mal seit 4 Jahren wieder Leben in mir gespürt. Ich habe dir vieles zu sagen, doch es fällt mir schwer in deiner Gegenwart meine Gefühle in Worte zu fassen. Ich kann nicht anders, als dir nach dieser langen Zeit zu sagen, was ich für dich empfinde.
Dich zusehen ließ mein Herz so schneller schlagen, so dass es am liebsten aus meiner Brust gesprungen wäre. Meine Gedanken sind die ganze Zeit bei dir. Immer wenn ich meine Augen schließe, sehe ich dich vor mir.
Die Grübchen auf deinen Wangen wenn du Lächelst, dein verstohlener Blick und die Sehnsucht in deinen braunen Augen. Sehnsucht nach Liebe und Geborgenheit.
Auch ich habe diese Sehnsucht. Sehnsucht nach dir. In meinen Träumen sehe ich uns, wie du freudestrahlend in meine Arme läufst. Doch dann bist du plötzlich weg. Ich öffne meine Augen und bin wieder allein. Allein in dieser trüben Welt, ohne dich. Ich wünsche mir nichts sehnlicher, als dich jeden Tag in meine Arme schließen zu können, damit ich dich nie

wieder gehen lassen brauch. Bitte komm zurück zu mir! Bitte denke nicht darüber nach, was die Leute sagen könnten! Ich warte auf dich.

Dein, dich für immer liebender, Rahul.

Aditi liefen die Tränen übers Gesicht. Sie drückte den Brief an ihren Körper und atmete tief ein,
um dann mit einem langen Seufzer etwas zu fragen, was sie schon lange nicht mehr zu fragen gewagt hatte.

3. Ein gemeinsamer Augenblick

„Was soll ich bloß machen?"

Aditi war aufgestanden und lief durch das Zimmer, während sie nun schon zum dritten Mal diese Frage stellte. Die ersten zwei Male ging Anjalie nicht darauf ein, da sie den Eindruck hatte, dass Aditi sie eher zu sich selbst stellte. Doch jetzt, beim dritten Mal, beschloss sie, ihrer Freundin auszuhelfen.

„Ich würde zu ihm gehen! Was kann dir denn schon passieren? Du musst an deine Tochter denken! Wenn es eine Chance gibt, hier herauszukommen, und sei es mit einer Heirat, dann ist das die beste Lösung, die Krishna für dich vorgesehen hat!"

„Für dich ist es leicht, so zu denken und mir diesen Rat zu geben, denn er ist dein Bruder. Aber, ich habe Verantwortung! Nicht nur für meine Tochter. Nein, auch die Witwen und deren Kinder vertrauen mir!"

„Ja, da hast du Recht, aber bitte denke nicht immer nur an die anderen. Du bist auch wichtig. Nishay ist wichtig. Und dein Leben, deine Zukunft sind wichtig." Anjalie stand auf und nahm ihre Jacke vom Stuhl. „Du musst keine voreilige Entscheidung treffen. Rahul hat vier

Jahre gewartet, um dir seine Gefühle zu gestehen, da kannst du dir auch Zeit nehmen. Denk' in Ruhe darüber nach. Ich werde dich jetzt allein lassen."

Anjalie verabschiedete sich von Aditi und ließ sie mit ihren Gedanken allein. Den restlichen Abend gingen Rahuls Worte Aditi nicht aus dem Kopf. Doch zu einer Entscheidung kam sie nicht.

Als Aditi in ihrem Bett lag und versuchte einzuschlafen, gingen ihr Anjalies Worte nicht aus dem Kopf.

Denk an dich und dein Leben!

Sie dachte darüber nach, was es hieß, dass sie an sich denken solle. Sie war doch da, wo es ihr gut ging und wo sie hingehörte.

Mit diesen Gedanken schlief sie ein.

Am Morgen standen wieder einige wichtige Termine an, die ihre ganze Aufmerksamkeit erforderten. Sie hatte beschlossen, sich erst mal um die Angelegenheiten der Frauen zu kümmern, um ihre Arbeiten, ehe sie eine Entscheidung wegen Rahul fällen wollte.

Aber ein Anruf von Jodha an diesem Vormittag, brachte sie aus dem Konzept. Sie hatte es abgelehnt, die Familie zu Rahul zu begleiten. Doch ihre Gedanken waren seitdem nicht da, wo sie sein sollten.

Am Nachmittag hatte sie nicht einmal die Hälfte von dem geschafft, was sie hätte schaffen wollen und sollen. Frustriert starrte sie den Papierberg an, der vor ihr auf dem Schreibtisch lag. Sie streckte die Hand gerade nach einem Papierstück aus, als es klopfte. Sie seufzte. Zwiegespalten zwischen Dankbarkeit ob der Ablenkung und Frust über die erneute Störung, die sie wieder nicht weiterkommen ließ. Dennoch bat sie den Besucher herein.

„Hallo, Aditi", lächelte Jodha, als sie eintrat.

„Jodha, was machst du hier? Warum bist du nicht bei deinem Onkel?"

„Ich wollte schauen, ob du nicht doch Zeit hast und mitkommen kannst."

Aditi deutete auf den Berg Papiere, der vor ihr auf dem Tisch lag. „Wie du sehen kannst, habe ich noch viel zu tun."

„Ja aber ...", Jodha überlegte kurz, „kann ich dir vielleicht helfen? Zusammen sind wir bestimmt schneller."

„Nein Jodha, da kannst du mir nicht helfen, das muss ich allein meistern." Aditi fiel es schwer, Jodha abzuweisen, doch sie fühlte sich noch nicht bereit zu Rahul zu gehen. Schon gar nicht, wenn die ganze Familie dabei war.

Es gab Sachen, die sollte man allein besprechen. Aber die Entscheidung, wann sie zu Rahul ging, wurde ihr im nächsten Moment abgenommen. „Gut, dann werde ich wohl oder übel allein losgehen." Mit traurig gesenktem Kopf ging Jodha Richtung Ausgang.

„Warte, Jodha! Allein? Nein, das geht nicht! Ich komme mit!"

Was die Mädels taten, wenn sie unter anderer Aufsicht waren, war ihr gleich. Aditi hätte es jedoch nicht mit ihrem Gewissen vereinbaren können, wäre etwas passiert, weil sie sie allein hätte gehen lassen. Sie bat Jodha, im Hof zu warten, zog sich um und informierte eine der Frauen darüber, dass sie einen Termin auswärts hätte. So konnte sie guten Gewissens Jodha ins Hospital begleiten.

Sie fand Jodha, wie abgesprochen, auf dem Hof. Gemeinsam gingen sie die Straße hinunter, auf der Suche nach der bestellten Rikscha.

„Danke, dass Sie gewartet haben. Jetzt können sie zum Guru-Guru Baha Hospital fahren", sagte Jodha und wandte sich Aditi zu.

„Warum bist du jetzt doch mitgekommen?"

„Das habe ich dir vorhin schon gesagt. Es geht einfach nicht, dass ein so junges Mädchen allein durch die Stadt fährt. Wenn dir was passiert, dann mache ich mir große Vorwürfe!"

„Ach, mir wäre schon nichts passiert. Chachaa hat mir beigebracht, wie man mit einem Angreifer umgehen kann."

Adele lächelte und der Rikscha-Fahrer drehte sich entsetzt um. „Jetzt sind unsere Frauen und Mädchen auch schon so emanzipiert, wie die Frauen in den westlichen Ländern."

„Alles ändert sich im Laufe der Zeit, auch die Selbstständigkeit der Frauen", sagte Jodha mit erhobener Stimme zu dem Mann.

„Was soll nur aus der Welt werden, wenn die Frauen das Sagen haben und wir Männer ..."

„Hör zu, Jodha … " Aditi unterbrach den Herren und schaute das Mädchen ernst an. „Ich weiß, dass du der Meinung bist, auf dich selbst aufpassen zu können. Aber du bist noch immer ein Kind, das darfst du nicht vergessen."

Jodha schien nicht begeistert, nur musste jemand sie darauf hinweisen, dass sie eben nicht alles machen konnte, nur weil sie glaubte, dass es ging. Aditi blieb eine Erwiderung zum Glück erspart, denn die Rikscha stoppte.

„Wir sind da", teilte der Fahrer das Offensichtliche mit. Aditi bezahlte die Fahrt und sie gingen zum Eingang des Hospitals, wo sie auf Anjalie, Sunika und Bamita trafen.

„Namaste, Mutter. Namaste, Großmutter", begrüßte Jodha die beiden Frauen.

„Namaste. Wo kommst du denn her? Ich dachte, du bist beim Tanzunterricht."

„Ja, das war ich auch, aber dann habe ich Aditi besucht. Ich dachte, es wäre eine gute Idee, wenn sie herkommen würde."

Aditi begrüßte die beiden Frauen ebenfalls und beugte sich zu den Füßen Bamitas, um ihr ihre Ehrerbietung auszudrücken.

Doch Bamita umfasste Aditis Arme und zog sie nach oben. „Mein Kind, du hast keinen Grund, dich vor mir in Demut zu verbeugen, damit du meinen Segen bekommst!" Bamita schloss Aditi in ihre Arme. „Komm, wir gehen zu Rahul, ich will ihn endlich sehen!"

Bamita folgte Anjalie langsam, von ihrem Gehstock und Jodha gestützt, bis zum Zimmer von Rahul. Doch sie machte keine Anstalten, das Zimmer ihres Sohnes zu betreten. Im Zimmer gegenüber hatte sie zwei Schwestern erspäht, die in ihre Arbeit vertieft waren.

„Hallo, können Sie mir bitte sagen wo …" Sie verstummte, als keine der beiden auf sie reagierte und schlug mit ihrem Stock zweimal kräftig gegen die Tür. Erschrocken von dem Geräusch, schauten beide Schwestern von ihrer Arbeit auf. „Verzeihung.

Wie können wir Ihnen helfen?", fragte eine von ihnen. „Ich möchte wissen, wie es meinem Sohn, Rahul Sharma, geht und wie lange er noch hierbleiben muss." „Tut mir leid, wir können darüber leider keine Auskunft geben. Aber ich werde einem Arzt Bescheid geben, der gleich zu Ihnen kommen wird."

„Gut", erwiderte Bamita. „Vielen Dank."

Zufrieden wandte sie sich ab. Während sie auf Rahuls Zimmer zuging, bekam sie noch mit, dass die Schwester nach dem Telefon griff und wenig später nach einem Dr. Khan verlangte. Die Familie betrat unterdessen geschlossen Rahuls Zimmer.

„Was macht ihr denn alle hier?" Verwundert richtete er sich in seinem Bett etwas mehr auf und warf seiner Mutter einen besorgten Blick zu. „Ist es nicht zu anstrengend für dich, Mutter? Bitte, setz dich doch."

„Danke, mein Junge. Wie geht es dir?"

„Mir geht es viel besser, danke, Mutter." Rahul lächelte, während er auch die anderen Besucher begrüßte. Die Mädchen bestürmten ihren Onkel sofort mit Fragen, wurden jedoch bald unterbrochen, als es an der Tür klopfte. Ohne auf eine Antwort zu warten, trat der Doktor ein.

„Guten Tag, Herr Sharma, ich komme gleich auf den Punkt. Sie können heute das Hospital verlassen. Ich bitte Sie aber, in einigen Tage bei ihrem Arzt zur Nachuntersuchung vorstellig zu werden."

Rahul erklärte sich damit einverstanden und an Anjalies Nicken war zu erkennen, dass sie dafür sorgen würde, dass ihr Bruder diesen Termin auch wahrnahm. Sie packte die Sachen ihres Bruders zusammen, damit sie das Krankenhaus verlassen konnten. Am Ausgang nahm Bamita Aditi zur Seite und flüsterte ihr etwas ins Ohr.

Diese nickte und verabschiedete sich. „Es tut mir leid, aber ich muss zurück. Ich werde im Witwenhaus erwartet."

Rahul öffnete den Mund, doch Aditi hob die Hand zum Gruß und stieg in eine Rikscha, noch ehe er etwas sagen konnte. Bamita war glücklich, als sie die Tür zu ihrem Haus aufschloss und die ganze Familie wieder vollständig war. Sie hatten gerade die ersten Sachen abgelegt, als Aditi aus der Küche trat. Mit einer Ritualschale kam sie ihnen im Hof entgegen und ging auf Rahul zu, um ihn zu begrüßen. Zusammen mit der Opfergabe wünschte sie ihm Genesung und Gesundheit.

„Danke", lächelte Rahul müde. „Aber ich glaube, dass ich mich etwas ausruhen sollte."

Sunika stupste Jodha in die Rippen. „Wir helfen dir."

Rahul war von den letzten Tagen des Herumliegens noch schwach auf den Beinen, weshalb die Mädchen ihn unterstützten. Sunika musterte ihre Schwester skeptisch, nachdem sie ihren Onkel auf dem Bett abgesetzt hatten. „Warst du das?"

„Was?"

„Naja, es sieht dir ähnlich, einzufädeln, dass Aditi hier auf uns wartet." Doch Jodha stritt ab, etwas mit Aditis Anwesenheit zu tun zu haben. Also wandte Sunika sie sich an ihren Onkel. „Was meinst du, Onkel?"

Rahul hatte die Augen geschlossen und seufzte. „Sunika, ich weiß es nicht. Vielleicht wurde sie von Großmutter darum gebeten."

„Großmutter", murmelte Sunika, „warum bin ich da nicht gleich darauf gekommen? Deshalb hat sie vor dem Krankenhaus mit Aditi gesprochen."

„Was machst du hier?", fragte Anjalie bei Aditi nach, als sie gemeinsam die Küche betraten. Auch sie war erstaunt, ihre Freundin hier im Haus anzutreffen, obwohl diese sich ins Witwenhaus verabschiedet hatte.

„Bamita hat mich gebeten, hier auf euch zu warten, um Rahul zu begrüßen, da sie es nicht selbst machen konnte."

„Du weißt schon, dass sie dich reingelegt hat und es Absicht war. Sie wollte, dass ihr euch wiederseht." Aditi hob die Hand. „Bitte rede nicht weiter, ich weiß, dass sie etwas plant. Aber es geht nicht. Ich bin nun mal eine Witwe und habe noch dazu ein Kind." „Ja, aber … ", begann Anjalie, doch wurde sie von Bamitas Ankunft in der Küche unterbrochen.

„Aditi, bitte bringe Rahul doch etwas zu trinken", bat sie.

„Ja, bin schon auf dem Weg."

„Warum hast du das getan?", fragte Anjalie ihre Mutter, nachdem Aditi den Raum verlassen hatte. Sie stand mit verschränkten Armen an der Anrichte der Küche und sah nicht glücklich aus.

Bamita umso mehr. „Bitte, lass das meine Sorge sein. Wenn alles funktioniert, so wie ich mir das denke, dann …"

„Was dann? Willst du, dass sie beide unglücklich sind? Aditi ist nur hier, um dir einen Gefallen zu tun und nicht wegen Rahul!"

„Es wird sich alles fügen", erwidere Bamita.

Schnaubend ließ Anjalie ihre Mutter in der Küche zurück. Sie war sich nicht so sicher, dass sich alles fügen würde. Zumal es auch keine Fügung war, wenn ihre Mutter die Finger mit im Spiel hatte. Das kam eher einer Manipulation gleich.

Aditi war froh darum, dem Gespräch mit Anjalie endlich zu entkommen. Sie konnte und wollte nicht darüber nachdenken, ob und was Bamita plante. Dabei wollte sie nichts geplant haben, sondern einfach nach ihrer Bestimmung leben. Es war nicht perfekt, doch war es so viel mehr, als sie nach Sebastians Tod erwartet hatte.

Sie klopfte zweimal kurz gegen die Tür, als sie an Rahuls Zimmer ankam. Es dauerte nicht lange, bis die Aufforderung zum Eintreten hörte. Sie trat ein und schloss die Tür wieder hinter sich. Rahul saß auf seinem Bett und zupfte an seiner Kleidung herum Er versuchte, sein Hemd zu schließen, was ihm nicht auf Anhieb gelingen wollte.

„Bitte, das kann ich doch machen." Ohne eine Antwort abzuwarten, ging sie auf ihn zu, setzte sich auf den Stuhl und knöpfte das Hemd ohne Probleme zu. „Besser?".

„Besser", nickte Rahul. Er lächelte. Aditi erwiderte es nicht. Eine Weile schwiegen sie sich nur, tief in die Augen schauend, an.

„Ach, ich habe dir etwas Wasser gebracht", unterbrach Aditi den friedlichen Moment zwischen ihnen. Sie stand auf, goss etwas Wasser in ein Glas und verabschiedete sich von Rahul.

„Nein, bleib bitte und setz dich zu mir!" Er hatte vorsichtig ihre Hand umfasst. „Ich möchte mit dir etwas besprechen."

Aditi unterdrückte ein Seufzen. Sie schloss kurz die Augen und gönnte sich einen Augenblick, denn noch stand sie mit dem Rücken zu Rahul, ehe sie sich umdrehte. Sie blieb stehen, denn sie wollte nicht, dass Rahul sich irgendwelche Hoffnungen machte.

„Aditi", begann er unsicher und verstummte sogleich wieder, da er merkte, dass es ihr unangenehm war.

„Rahul, bitte", flüsterte sie. „Können wir das Gespräch nicht zu einem anderen Zeitpunkt führen? Was ist, wenn jemand von deiner Familie in das Zimmer kommt?"

„Die stören uns bestimmt nicht. Aber gut, wenn es dir unangenehm ist, wir haben alle Zeit der Welt."

Aditi fiel ein Stein vom Herzen und trat noch einen Schritt zurück.

„Warum gehst du so weit weg? Bitte bleib!" Er griff nach ihrer Hand, aber konnte sie nicht erreichen, weshalb er sie ausgestreckt wieder sinken ließ. In seinem Blick lag etwas, was Aditi niemals sehen wollte. Er war verletzt durch ihren Wunsch, Abstand zu halten. Und doch wollte er sie nicht gehen lassen. So schwach er auch war, stand er auf und kam ihr entgegen.

Schnell griff Aditi ihm unter die Arme. „Rahul, bitte, du darfst dich nicht überanstrengen! Das ist nicht gut für dich!"

„Nein, es ist nicht gut für mich, dass du immer wieder von mir gehst und mich allein lässt! Ich brauche dich doch!"

„Bitte, sprich nicht weiter, ich kann deinen Wunsch nicht erfüllen!" Sie versuchte, soviel Überzeugung in ihre Worte zu legen, wie es ihr möglich war, um Rahul klarzumachen, dass sie nicht zusammen sein konnten. Sie brachte Rahul zum Bett zurück. Und dieses Mal ging sie sofort, ohne darauf zu achten, wie er reagierte oder einen Blick zurück.

Warum ist es nur so schwer für dich, zu verstehen, dass ich eine Witwe bin und nicht die richtige Frau für dich.

Mit diesen Gedanken ging Aditi ohne sich von der Familie zu verabschieden. Sie machte sich auf den Weg in ihre Welt, eine Welt ohne Farben und ohne Liebe für einen Mann.

4. Die Frauenverschwörung

Rahuls Genesung schritt während der letzten Wochen gut voran. Schon bald konnte er seine Arbeit an der Universität wieder aufnehmen.

Aditi merkte von Tag zu Tag mehr, dass es sich nicht mehr richtig anfühlte, hier im Witwenhaus zu sein. Ihre Gefühle für Rahul, die durch den Abstand zu ihm an Stärke zugenommen hatten, brachten sie vollkommen aus ihrem Alltag raus.

Ihre Gedanken waren immer bei ihm und es fiel ihr schwer, sich auf die wesentlichen Dinge in ihrem Leben zu konzentrieren.

Ihre Aufgaben im Witwenhaus bereiteten ihr keine Freude mehr, sondern schienen mehr und mehr zur Pflicht zu werden.

Die Frauen im Witwenhaus sorgten sich um Aditi. Zwangsläufig mussten sie mitbekommen, dass ihre Vorsteherin nicht mehr sie selbst war. Immer öfter lief sie traurig durchs Haus oder saß gedankenverloren an ihrem Schreibtisch. Die Fehler häuften sich, was sonst nicht ihre Art war.

Es war kein Herankommen an Aditi. So blieb den Frauen nur übrig, sich zusammenzusetzen und untereinander zu beratschlagen, was zu tun wäre. Sie kamen darüber überein, dass Bamita ihnen wohl am besten helfen konnte, weshalb sie eine der Frauen zum Haus der Sharmas schickten, um die alte Dame auf ihre Seite zu ziehen und ihren Plan mit ihr zu teilen.

Sie wählten das Fest der Farben aus, um Aditi zu zeigen, dass das Leben mehr für sie bereithielt.

Aditi hatte die Chance wieder glücklich zu werden, abseits vom Witwenhaus. Sie liebte Rahul und sie durfte sich nicht nur zurückziehen, weil es anscheinend ihr Schicksal war, für die Frauen da zu sein und ihr Leben hier zu verbringen.

Ein paar der Frauen aus dem Witwenhaus schmiedeten einen Plan, wie sie Aditi auf das Holi-Fest in Mathura locken konnten, ohne dass die beiden Verdacht schöpfte, was einiges an Fingerspitzengefühl verlangte. Sie bekam immer mit, was im Witwenhaus vor sich ging.

Deshalb schlossen sie Rani aus der Planung aus. Sie würde sich nur verplappern, so liebenswürdig sie auch war. Aber das konnten sie nicht riskieren. Denn Aditi würde nicht gehen, wenn sie auch nur ahnen würde, was die Frauen vorhatten.

Am Tag des Beginns des Holi-Festes, wurde Aditi nach dem Frühstück von den Frauen in den Hof gerufen. Verwirrt trat sie nach draußen und sah sich mit einigen Frauen konfrontiert.

„Gleich kommt eine Rikscha", erklärte eine von ihnen und drückte Aditi ihre Taschen in die Hand. „Die bringt dich zu einer Veranstaltung, an der du teilnehmen musst. Es ist eine gute Möglichkeit, für unser Witwenhaus Spenden zu sammeln und Investoren zu finden!"

„Aber ich kann doch nicht einfach weg. Was ist mit meiner Arbeit und Nishay? Wer passt auf sie auf?"

„Wir machen das schon, das hat doch immer funktioniert, wenn du unterwegs warst."

Das stimmte sogar. Sie war häufig unterwegs, um für das Witwenhaus Dinge zu erledigen, auch dort brauchte sie jemanden, der ihre Tochter nahm und den Betrieb im Witwenhaus am Laufen hielt. Doch jetzt fühlte sie sich ziemlich überrumpelt.

„Wie lange werde ich weg sein? Den Taschen nach zu urteilen, werde ich eine längere Reise machen." Ohne auf Aditis Fragen einzugehen, schob Preity sie, mit der Anweisung einen ihrer schönsten Saris anzuziehen und Schmuck anzulegen, wieder ins Haus zurück.

„Warum?", fragte Aditi verwirrt, als sie die zwei Stufen zu ihrem Zimmer hochstieg. „Ich gehe doch immer in meinem weißen Sari, um Spenden zu sammeln."

„Ja, aber dieses Mal ist es anders, und jetzt frag nicht so viel", erwiderte Preity und schob sie in ihr Zimmer. Verwirrt zog sie den Sari über, der auf ihrem Bett lag, ehe sie auch den Schmuck anlegte, den die Frauen für sie zurechtgelegt hatten. Einen Moment lang betrachtete sie sich im Spiegel. Dann verließ sie das Zimmer, um wieder nach unten zu gehen.

Die ungeduldige Hupe des Riksha-Fahrers, gerade als sie in den Hof trat, ließ Aditi seufzen. Sie war noch nicht dahintergekommen, was vor sich ging und nun würde sie keine große Gelegenheit mehr haben, die Frauen danach zu fragen.

„Wir wünschen dir viel Erfolg und Spaß", lachten sie, als sie Aditi zum Tor begleiteten.

„Spaß? Wie kann ich am Betteln für ein paar Rupien Spaß haben?", schnaubte sie. Sie tat es, da es nötig war. Doch von Spaß konnte dabei keine Rede sein. Sie nahm ihre Taschen wieder an sich und ging den Rest des Weges bis zur Riksha allein.

Sie stellte ihre Taschen neben sich auf den Sitz. Knatternd bewegte sich die Rikscha mit Schnelligkeit davon und hielt routiniert wenige Kilometer weiter vor einem Auto an.

„Wir sind da! Sie müssen hier raus!"

Überrascht nahm Aditi ihre Taschen und stieg aus. Sie war während der ganzen Fahrt so in ihren Gedanken gefangen, dass sie nicht wusste, wo genau sie war. Und was sie hier erwartete, darauf konnte sie sich ebenfalls keinen Reim machen.

Auf der anderen Straßenseite stand ein schwarzes Auto. Als die Tür aufging, zog dies Aditis Aufmerksamkeit auf sich. Mit zusammengekniffenen Augen, um gegen die Sonne etwas sehen zu können, wartete sie ab.

„Da bist du ja endlich. Dann können wir jetzt fahren."

Als Aditi Bamitas Stimme erkannte, wusste sie, dass sie damit hätte rechnen müssen. Nur die Sharma-Familie konnte auf die Idee kommen, sie einfach aus Delhi zu entführen und ihre Frauen aus dem Witwenhaus dabei auf ihre Seite zu ziehen. Aditi verstaute ihre Taschen im Auto und stieg ein. Sie war nicht verwundert, die ganze Familie im Auto vorzufinden.

„Die Frauen aus meinem Haus sagten etwas von Spenden sammeln, aber ich werde das Gefühl nicht los, dass hier etwas geschehen wird, worauf ich keinen Einfluss haben werde."

Sunika und Jodha feixten. „Ach, das kommt dir nur so vor, liebe Tante."

„Ich hätte gleich darauf kommen müssen, dass ihr hinter dieser Aktion steckt." Sie sah alle der Reihe nach an und schüttelte sacht den Kopf, was wieder für Gelächter der Mädchen sorgte. Aditi legte den Gurt an und lehnte sich im Sitz zurück. Sie sprach während der Fahrt mit Anjalie, während Bamita die Mädchen beschäftigte. Zumindest erfuhr sie aus den Gesprächen, wohin ihre Reise gehen würde. Und sie konnte nicht leugnen, dass sie sich darauf freute, das Holi-Fest zu besuchen.

„Wir haben unser Ziel in Mathura erreicht, Madam."

Aditi seufzte dankbar auf. Sie waren einige Stunden ohne Pause unterwegs gewesen und sie spürte mittlerweile jeden Knochen in ihrem Körper. An Anjalies leidendem Gesichtsausdruck konnte sie sehen, dass es ihr nicht anders ging.

„Danke, Adam", antwortete Bamita und öffnete ihre Tür. „Kommt, Mädchen." Sie ließen sich nicht zweimal bitten, um aus dem Auto auszusteigen.

Das Hotel, vor dem sie angekommen waren, war nicht groß, das konnte man von außen schon erkennen. Doch als sie mit ihren Taschen die Lobby betraten, konnten sie sehen, dass es sehr gemütlich war.

Überall an den Wänden waren Verzierungen in Form von kleinen Blumen und vielen Schnitzereien. Bunt bemalte Lampen tauchten alles in ein wundervolles Licht und leise Musik beschallte den Eingangsbereich.

Bamita kümmerte sich um den Check-in und kam bald mit ihren Schlüsseln wieder, die sie unter ihnen verteilte. „Anjalie und ich schlafen zusammen. Jodha teilt sich ein Zimmer mit ihrer Schwester. Aditi, du bekommst etwas Eigenes."

Aditi konnte nicht leugnen, dass sie froh darum war, ein eigenes Zimmer zu haben. So konnte sie, komplett erschöpft, einfach in ihr Bett fallen. Sie schaffte es gerade noch, das Licht auszuschalten. Dann schlief sie ein.

Die Nacht war kurz. Schon als es dämmerte, ertönten draußen am Ufer des Flusses, unterhalb ihres Fensters, viele Stimmen. Einige von ihnen unterhielten sich, einige sangen Klagelieder, da sie gerade einen ihrer Liebsten verloren hatten. Da sie nun schon einmal wach war, machte sie sich frisch und ging zum Empfang.

„Entschuldigen Sie bitte. Wie komme ich zum Tempel?"

Der Mann am Tresen erklärte ihr den Weg und sie machte sich auf, nachdem sie Anjalie in einer Nachricht ausrichten ließ, dass sie zum Frühstück wieder zurück sein würde.

Aditi ging zum Tempel, vorbei an den Frauen, die gerade noch Klagelieder unter ihrem Fenster sangen und an den heiligen Priestern, die die Asche der Verstorbenen im Fluss verteilten. Sie fühlte sich unwohl bei dem Gedanken daran, dass sie selbst ja eine Witwe, und ihr Sebastian nun schon vier lange Jahre tot war.

Sie erreichte den Tempel nach einer guten Viertelstunde Fußmarsch. Vor der Statue Krishnas setzte sie sich auf den Boden und betete zu ihm, um ein langes Leben, Gesundheit für Familie Sharma, ihrer kleine Nishay und für alle Frauen aus dem Witwenhaus.

Gerade legte sie ihre Opfergaben nieder, als jemand ihr auf die Schulter tippte. Überrascht fuhr sie herum. Vor ihr stand ein ihr fremder Mann und lächelte sie an. Es war kein Lächeln, welches Aditi als angenehm empfand, weshalb sie einen Schritt zurückwich.

„Haben Sie auch keinen vergessen?", wollte der Fremde wissen. „Verzeihen Sie, mein Name ist Ashok Zuhing. Auch ich wohne im Hotel am Fluss. Einmal im Jahr komme ich hierher, um für meine verstorbene Frau zu beten. Und Sie? Für wen beten Sie?"

Aditi schaute ihm in die Augen. „Ich?"

Er nickte. „Ja, Sie! Oder sehen Sie noch jemanden hier?"

Sie drehte sich nach allen Seiten um. „Nein, sehe ich nicht. Verzeihen Sie, dass ich unser Gespräch so abrupt abbrechen muss, aber ich muss wieder zurück ins Hotel. Meine Familie wartet mit dem Frühstück auf mich."

Ihr tat es nicht leid, dieses Gespräch so schnell beenden zu müssen. Dennoch lächelte sie höflich, ehe sie sich abwandte. Als sie auf den Ausgang zusteuerte, hielt er sie an der Hand fest. „Nein, Sie dürfen noch nicht gehen! Wir sind mit unserer Unterhaltung doch noch nicht fertig."

„Bitte lassen Sie mich los", forderte Aditi den Fremden auf. Doch der dachte überhaupt nicht daran, sie gehen zu lassen.

In ihrer Panik riss sie sich vom Arm des Mannes los und lief, so schnell sie konnte, zum Hotel zurück, wo alle im Speisesaal schon auf sie warteten.

„Wo warst du denn so lange mein Kind?", wollte Bamita wissen und musterte sie. Aditi wusste, dass sie ihr ansah, dass sie aufgebracht war. „Was ist los?"

„Ach, da war ein Mann, der …" Aditi verstummte. Denn in diesem Moment betrat er ebenfalls den Speiseraum des Hotels. „Komm, lass uns zum Tisch gehen, ich erzähle es dir später."

Der Mann mit dem asiatisch klingenden Namen, ließ Aditi den ganzen Tag, nicht zur Ruhe kommen. Immer wieder musste sie daran denken, wie aufdringlich er gewesen war. Möglicherweise wollte er nur nett sein, doch Aditi hoffte, dass sie ihn nicht wiedersehen musste. Wenn sie sich durch das Hotel bewegte, sah sie sich verstohlen nach dem Mann um. Doch zu keiner Zeit lief er ihr noch mal über den Weg.

Die Frauen waren am Nachmittag damit beschäftigt, sich für die Feierlichkeiten fertigzumachen. Aditi bürstete sich gerade ihr Haar, als Bamita in ihr Zimmer trat. Überrascht ließ sie die Brüste sinken und drehte sich auf ihrem Stuhl in ihre Richtung.

„Hallo, mein Kind", lächelte die alte Dame, während sie näherkam. „Ich habe hier etwas, das ich dir schon lange geben wollte. Es lag jetzt die letzten Jahre in meiner Truhe und nun ist es Zeit, dass es deines wird." Sie legte das Päckchen an den Rand des Schrankes und wollte das Zimmer wieder verlassen.

„Bamita, was ist das?"

„Das habe ich von einem besonderen Menschen bekommen." Sie drehte sich an der Tür noch einmal um. „Ich musste versprechen, dass ich es eines Tages auch an einen besonderen Menschen weitergebe."

„Das kann ich nicht annehmen."

„Lege es an und überzeuge mich davon, dass es deiner würdig ist!", erwiderte Bamita, ehe sie das Zimmer endgültig verließ.

Nachdem Bamita sie allein zurückgelassen hatte, rührte sie sich erst mal nicht vom Fleck, sondern betrachtete das Päckchen auf dem Schrank aus der Ferne. Sie war sich noch immer unsicher, ob sie das Geschenk annehmen sollte. Immer wieder gingen ihr Bamitas Worte durch den Kopf. Wie sollte sie sich nur als würdig erweisen? Schließlich stand sie auf, durchquerte den Raum und öffnete das Päckchen. Beim Anblick des Inhalts weiteten sich ihre Augen.

Noch nie hatte sie so etwas Schönes gesehen, geschweige denn in den Händen gehalten. Bamita war verrückt, ihr so was zu schenken. Es musste ein Vermögen gekostet haben.

Vorsichtig strich sie mit den Fingerspitzen darüber, ehe sie es aus der Verpackung nahm. Es war fast zu schön, um es zu tragen. Und während sie sich fertigmachte, um zum Rest der Familie zu stoßen, musste sie das wunderschöne Schmuckstück immer wieder anschauen.

Als sich die Tür zum Empfang öffnete und sie in die Halle trat, wurde es still. Alle schauten auf Aditi. Niemand konnte den Blick von ihr abwenden.

Jodha und Sunika gingen auf sie zu und nahmen sie an die Hand. „So haben wir dich ja noch nie gesehen", plapperte Jodha los.

„Du schaust noch schöner aus als damals, als ich dich im Tempel gesehen und angesprochen habe", bestätigte ihre Schwester. Aditi wurde rot und ihre Ohren fühlten sich glühend an. „Meinst du, Sunika?"

„Siehst du, Anjalie, ich hatte recht. Mena hatte doch die richtige Wahl für Aditi getroffen."

„Ja, Mutter, das stimmt. Diese Farbe und das Zusammenspiel von dem Sari und dem Schmuck lassen ihre schönen Augen noch mehr strahlen."

Bamita lächelte zufrieden, ehe sie auffordernd in die Hände klatschte. „So, jetzt ist aber gut. Wir müssen los, wir werden erwartet und man lässt seine Gastgeber nicht länger warten, als nötig. Kommt jetzt."
Die Feierlichkeiten anlässlich des Holi-Festes, fanden außerhalb der Stadt statt.

Sie brauchten nicht lange, bis sie angekommen waren. Höflich wurden sie von einem Angestellten begrüßt und zu ihrem Tisch im Zelt gebracht.

Eine Bewegung, die Aditi aus den Augenwinkeln wahrnahm, ließ sie innehalten. Der Mann, den sie im Tempel hatte stehen lassen, winkte ihr aufgeregt entgegen. Sie tat so, als hätte sie ihn nicht gesehen. Mit leicht gesenktem Blick ging sie die letzten Schritte zu ihrem

Tisch. „Guten Abend", erklang eine ihr vertraute Stimme. „Rahul, was machst du hier? Darfst du überhaupt schon so eine lange Reise machen und dich so anstrengen?"

„Aditi", lachte er, „du stellst immer noch so viele Fragen wie früher."

„Ist das verboten? Ich bin eben ein Mensch, der sich viele Gedanken um andere Menschen macht und sich sorgt."

Rahul nickte. Es stimmte. Aditi hatte sich immer schon mehr um andere, als um sich selbst gesorgt. Etwas, dass er so an ihr liebte. „Um deine Fragen zu beantworten: Ja, mir geht es gut! Der Arzt gab mir die Erlaubnis, nachdem er mich noch einmal untersucht hat und weil meine Mutter irgendetwas mit ihm unter vier Augen besprochen hatte. Ich ahnte daraufhin, dass ich dich hier wiedersehen werde. Du weißt doch, Mutter macht nichts, ohne einen Plan zu haben."

„Natürlich", seufzte Aditi. Sie hatte geglaubt, dass Bamita und die Frauenaus dem Witwenhaus ihr einfach eine Auszeit gönnen wollten, doch jetzt ergab alles noch mehr Sinn. „Und du hast die Frauen aus dem Witwenhaus eingespannt, gib es zu."

Bamita lachte. „Preity hatte die Aufgabe, dich aus dem Haus zu schicken und sich um die kleine Nishay zu kümmern", bestätigte sie Aditis Vermutung, die darüber nur den Kopf schütteln konnte. Jetzt war sie froh, um die kleine Auszeit von Delhi und ihrem dortigen Leben, doch hätte sie niemals mit so einem Komplott gerechnet.

„Du wärst nicht mitgekommen, hätten wir dich gefragt. Deshalb mussten wir uns etwas einfallen lassen."

Bamita schien sehr zufrieden mit dem Verlauf ihres Plans und während des Essens wurde Aditi der ganze Plan mitgeteilt. Es war amüsant zu hören, was die Frauen und Bamita alles ausgeheckt hatten, um sie hierher zu bringen. Nur böse sein konnte sie ihnen dafür nicht. Sie meinten es gut, das wusste Aditi, weshalb sie beschloss, die Zeit hier zu genießen.

Bamita, Anjalie und die Mädchen verließen den Tisch nach dem Essen, um noch andere Familien zu begrüßen. So blieben nur Aditi und Rahul am Tisch zurück. Einen Moment sahen sie einander schweigend an, doch als Aditi den Blick in Rahuls Augen nicht mehr ertragen konnte, stand sie auf. „Ich gehe mir etwas zu trinken holen. Möchtest du auch etwas, Rahul?"

„Ja, bitte sei so lieb und bring mir etwas mit."

Sie hätten auch jemanden kommen lassen können, doch das wollte sie nicht. Die Pause von Rahul würde ihr guttun. In seiner Gegenwart fühlte sie sich gut und schlecht gleichermaßen. Und das war unerträglich.

„Kann ich Ihnen beim Tragen helfen?"

Aditi blieb abrupt auf ihrem Rückweg stehen. Ein Teil der Getränke schwappte ihr dabei über die Hand. Vor ihr stand der Mann aus dem Tempel.

„Nein, machen Sie sich keine Umstände." Aditi bemühte sich um einen freundlichen und höflichen Tonfall. Sie wollte an ihm vorbei, doch er ließ sie nicht durch. Immer wieder stellte er sich ihr in den Weg. Hätte er nicht heute Morgen schon versucht, sie aufzuhalten, als sie gehen wollte, hätte sie das für einen Zufall gehalten und darüber gelacht. Doch die Dinge lagen jetzt anders.

„Warum haben Sie es so eilig?"

„Lassen Sie mich bitte vorbei. Ich möchte die Getränke an meinen Tisch bringen. Mein Mann wartet schon auf mich."

„Ich sehe hier keinen Mann bei Ihnen. Oder ist es üblich, dass so eine schöne Frau, wie Sie, allein losgeschickt und wie ein Dienstmädchen behandelt wird?"

Ein Schnauben war hinter dem Mann zu hören. „Nein, meine Frau wird nicht wie ein Dienstmädchen behandelt! Das, was sie tut, tut sie aus Liebe."

Aditi starrte Rahul mit weit geöffneten Augen an, der um den fremden Mann herumkam und seinen Arm um sie legte. Damit wollte er allen zeigen, dass diese wunderschöne Frau zu ihm gehörte.

„Und jetzt lassen Sie uns bitte durch." Rahul schob den Mann bestimmt zur Seite und ging mit Aditi im Arm zu ihrem Tisch. Er zog den Stuhl zurecht und beugte sich schließlich über die Lehne zu ihr herunter. „Na, wie habe ich das gemacht?", flüsterte er ihr ins Ohr. „Ich habe dich vor diesem Mann beschützt."

„Ja, das hast du! Aber mit einer Lüge! Und das ist nicht nett."

„Mit einer Lüge? Dann stimmt es nicht, dass du mich liebst?"

„Rahul, bitte", seufzte Aditi und nahm ihr Getränk an sich. Natürlich stimmte es. Doch es so ausgesprochen vor einem Fremden zu hören, zeigte ihr nur wieder deutlich, wie falsch das war.

„Stell dir vor, Rahul", unterbrach Bamita ihre Gedanken, „die Gashis sind hier, mit ihrer neuen Schwiegertochter. Der Sohn hat letzte Woche in Kochi geheiratet. Eine sehr junge Frau hat er sich genommen, wo er doch älter ist als du. Aber er ist wenigstens verheiratet."

„Mutter, bitte! Muss das jetzt sein?"

„Das muss dir nicht peinlich sein, wir sind doch verheiratet", flüsterte Aditi grinsend.

„Ach, so ist das. Na gut, dann werden wir aus der Flunkerei eben Wirklichkeit machen."

Er stand auf und ging zur Bühne, welche auf der anderen Seite des Zeltes stand. Verwirrt sah Aditi ihm hinterher. Sie konnte die Blicke von Bamita und Anjalie auf sich spüren und vermied es, zu ihnen zu schauen.

„Hallo, meine Damen und Herren. Mein Name ist Rahul Sharma und ich muss Ihnen etwas sagen."

Aditi stand auf und schüttelte den Kopf. *Nein, bitte nicht. Tu das nicht, Rahul, bitte.* Aber es war zu spät! In diesem Moment fing er an, seinem Publikum zu erzählen, dass er hier mit der Liebe seines Lebens zum Holi-Fest erschienen war.

„Aditi, meine Liebe", wandte er sich schließlich an sie. „Bitte komm zu mir und hör dir an, was ich zu sagen habe."

Aditi rührte sich nicht vom Fleck. Jodha und Sunika gaben ihr einen kleinen Schups, sodass alle Aufmerksamkeit auf sie gerichtet war und ihr nichts anderes übrigblieb, als die kleine Gasse entlang zu gehen, bis sie an der Bühne stand.

Rahul stand mit dem Rücken zu Aditi und fing an zu singen. Es war ein Lied über die große Liebe, die sich erst finden und dafür durch ein tiefes dunkles Tal gehen musste, bis sie schließlich die andere Hälfte von sich selbst fand.

Alle tanzten und sangen mit, nur Aditi war es sichtlich unangenehm. Rahul besang genau das, was geschehen war, mit nur einem Unterschied: Dass er in ihr die Frau sah, die nicht im Witwenhaus lebt, sondern an seiner Seite.

Dass es ihm egal war, was die Menschen um sie herum dachten. Für ihn gab es keine, zu erklimmende Hindernisse, die zwischen ihnen standen. Doch für Aditi waren sie da. Es hatte sich nichts geändert. Und die Versprechungen, die Rahul mit seinem Lied machte, konnte Aditi nicht ertragen, da sie sich nicht erfüllen konnten.

Sie war froh, dass alle mit ihrer Fröhlichkeit des Tanzens und Singens so beschäftigt waren, dass keiner von ihnen merkte, wie sie sich aus dem Zelt schlich und den Rückweg zum Hotel antrat.

5. Mathura & das Fest

Die Riksha musste an einer dunklen Kreuzung ohne Beleuchtung halten. Aditi hatte sich entspannt angelehnt, ihr Blick ging hinaus aus dem Fenster und sie versuchte, die Häuser zu erkennen, die nun in der Dunkelheit lagen.
Es gab einen Ruck, der Aditi zusammenzucken ließ.

Ein Mann, sie wusste, dass es ein Mann war, da sein Ächzen bei dem Tritt ihn deutlich als Mann identifizierte, war auf die Riksha gesprungen, setzte sich neben den Fahrer und gab diesem einen kräftigen Stoß. Er rutschte aus der Riksha und blieb mit schmerzverzerrtem Gesicht auf der Straße liegen.

Aditi drückte sich noch weiter in den Sitz hinein. Im ersten Moment dachte sie, dieser Mann wollte sie ausrauben. Doch nichts dergleichen geschah. Starr vor Schreck, musste sie zuschauen, wie der Mann am Steuer mit ihr davonfuhr.

„Halten Sie sofort an, ich möchte aussteigen!", schrie sie den Mann an. Sie hätte sich gewünscht, dass ihre Stimme nicht so zittrig klang, wie sie es letztendlich tat.

„Wir sind gleich da, dann können Sie aussteigen!" Aditi versuchte, in seiner Stimme etwas Bekanntes zu erkennen, doch sie fand nichts, was sie an jemanden erinnert hätte. Entweder er war ihr fremd oder er sprach mit verstellter Stimme. „Keine Minute früher, verstanden? Und jetzt halten Sie Ihren Mund!", fuhr er sie an.

„Nein, Sie halten jetzt an!" Aditi fing an, nach Hilfe zu rufen, aber niemand reagierte darauf. Die Straßen waren leer, so gut wie jeder war beim Holi-Fest.

Aditis Schreie wurden still, und sie überlegte, wie sie sich aus dieser Misere wieder befreien könnte. Doch noch ehe sie sich einen Plan zurechtlegen konnte, hielt die Rikscha mit quietschenden Reifen vor einem großen Tor. Der Mann hupte zweimal lang und einmal kurz und das Tor öffnete sich.

Drinnen standen zwei Frauen und warteten schon auf die Rikscha. „Guten Abend, bitte steigen Sie aus und kommen Sie mit", forderte eine der Frauen. Sie hatte kurze dunkle Haare und war in einem braunen Sari gekleidet.

Doch Aditi wollte nicht, sie schüttelte den Kopf „Nein ich bleibe hier sitzen, bis mir jemand sagt, wo ich bin und was ich hier soll."

„Bitte steigen Sie aus, dann erfahren sie alles Weitere", forderte die Frau erneut, doch dieses Mal in einem sehr angriffslustigen Tonfall.

Ängstlich stieg Aditi aus der Rikscha und schaute sich um, ob sie jemand erkannte. Aber alles und alle waren ihr fremd.

In einigem Abstand folgte Aditi der Frau, sodass diese sich immer wieder umdrehen musste. „Bitte kommen Sie hier entlang, Sie werden bereits erwartet."

„Aber warum werde ich denn erwartet? Ich habe keine Verabredung!", platzte Aditi hervor, in der Hoffnung, dass sie doch noch mehr Informationen bekommen würde. „Wer ist denn der Mensch, der auf mich wartet? Können Sie mir wenigstens das sagen?"

Sie bekam keine Antwort. Die Frau vor ihr schwieg und ging nur einen langen steilen Weg nach oben. Auf dem Hügel stand ein Pavillon, beleuchtet mit vielen kleinen farbigen Lampions. In der Mitte war ein Tisch mit einem Gedeck für zwei Personen und Musik ertönte aus kleinen Boxen, die am Rand standen.

„Bitte setzen Sie sich, Ihr Gastgeber wird gleich bei Ihnen sein."

Aditi wollte noch etwas fragen, aber als sie sich umdrehte, waren alle fort und sie stand allein auf dem Hügel, von dem man über das ganze Fest schauen konnte. Sogar Mathura war von hier oben überschaubar klein.

„Ist es nicht wunderbar still und friedlich hier oben", erklang eine leise Stimme hinter ihr.

Aditi drehte sich erschrocken um. Vor ihr stand derselbe Mann, der im Hotel und auf dem Fest so aufdringlich war und sie belästigte.

„Sie? Was wollen Sie von mir? Warum bin ich hier? Sie wissen schon, dass Sie sich strafbar machen, wenn Sie mich hier festhalten und mich nicht gehen lassen."

„Na, na, na, wer wird denn gleich so garstig reagieren? Ich halte Sie nicht fest, Sie können jederzeit gehen, wenn Sie das wollen. Schließlich sind Sie ein freier Mensch. Aber jetzt lassen Sie uns doch erst einmal die Aussicht genießen und das Essen, das ich extra habe hier hochbringen lassen. Oder soll die Arbeit der Leute umsonst gewesen sein? Bitte kommen Sie, setzen Sie sich."

Aditi wusste nicht, was sie machen sollte und nahm das Angebot an. „Aber, wenn Sie aufdringlich werden, dann schreie ich um Hilfe und werde sofort gehen." Widerwillig setzte sie sich. „Warum bin ich hier? Was wollen Sie von mir? Mein Mann und meine Familie vermissen mich bestimmt schon und werden mich suchen."

„Nein, das glaube ich nicht. Sie haben sich doch von Ihrer Familie verabschiedet, weil Sie ins Hotel wollten, oder nicht?"

„Nein, das habe ich nicht."

„Ach, bei so einem Fest kann schon mal jemand verloren gehen und wird dann irgendwann wieder auftauchen."

„Wer sind Sie? Sagen Sie mir doch bitte Ihren Namen! Vielleicht verwechseln Sie mich mit jemandem."

„Lassen Sie uns erst einmal was essen und dann erzähle ich Ihnen von mir und was ich von Ihnen möchte." Er winkte nach dem Diener, der nicht weit vom Pavillon auf Abruf stand und wartete. „Sie können anfangen uns das Essen bringen."

Es wurde Tandoori Masala, Gemüse bis hin zu ihrem Lieblingsreis auf verzierten Tellern und in Schälchen serviert.

„Woher wissen Sie, was ich gern esse?" „Das wusste ich nicht. Ich habe einfach etwas ausgewählt, wovon ich dachte, dass Sie so etwas eben essen."

Aditi schnaubte, sparte sich jedoch eine Antwort darauf. *Natürlich wusstest du das. Du hattest ja genügend Zeit, mich im Hotel zu beobachten.*

„Bitte nehmen Sie sich doch etwas. Es ist genug da."

Aditi tauchte aus ihren Gedanken wieder auf, packte sich eine Kleinigkeit auf ihren Teller und aß. Es war wirklich sehr lecker, das Gemüse, knusprig und scharf, so wie sie es mochte.

„Möchten Sie etwas trinken?"

Aditi nickte. Erst bei seiner Frage hatte sie gemerkt, dass ihr Hals sich staubtrocken anfühlte.

Der Mann goss ihr aus der Karaffe etwas Wein ein, während Aditi weiter aß. Sie wollte so schnell wie möglich von hier weg.

„Danke", nickte sie und nahm das Glas an sich, um einen Schluck zu trinken. Der Wein war wohltemperiert und schmeckte vorzüglich, sodass es ihr nicht schwerfiel, das halbvolle Glas während des Essens zu leeren.

„Darf ich Ihnen noch etwas einschenken?"

„Nein, danke. Ich möchte gehen."

„Nicht so hastig! Ich möchte Ihnen doch noch sagen, warum Sie in meiner Gesellschaft sind."

Aditi stand auf, hin- und hergerissen zwischen dem Wunsch zu gehen und endlich die Wahrheit über ihre Entführung zu erfahren.

„Also gut", sie drehte sich abrupt um und schaute dem Fremden entgegen, „dann erzählen Sie mir ihre Geschichte und danach werde ich gehen."

„In Ordnung. Dazu müssen Sie wissen, dass ich ein leidenschaftlicher Sammler von Büchern bin. Vor einiger Zeit habe ich ein sehr wertvolles und seltenes Buch ins Auge gefasst".

Aditi hörte seiner Erzählung zu. Nein, sie versuchte zuzuhören, doch nach kurzer Zeit konnte sie sich schon nicht mehr auf das Gesagte konzentrieren. Ihr Kopf schwirrte, immer wieder verschwamm ihre Sicht vor den Augen. Redete der Fremde überhaupt noch?

„Verzeihung ...", murmelte sie und hielt sich an dem Stuhl fest, vor welchem sie stand. „Ich ..." Sie brach ab und versuchte den Fremden zu fokussieren. Doch sein Gesicht wirkte verzehrt. Lächelte er? „Was ... haben Sie ... getan", wimmerte sie, ehe sie nach hinten sackte und reglos auf dem Boden liegen blieb.

Der Fremde kam um den Tisch herum und sah auf die bewusstlose Aditi runter. „Meine Liebe, so ist das, wenn dein Mann sich mit uns anlegt. Bringt sie weg", wandte er sich an seine Männer, die unweit weg standen und das Geschehen beobachtet hatten. „Und denkt daran kein Aufsehen zu erregen."

„Ja, Chef, machen wir."

„Und ich werde jetzt mal im Hotel diesen Brief bei Familie Sharma hinterlegen, damit sie nicht auf die Idee kommen nach Aditi zu suchen."

6. Aditis Verschwinden

Liebe Familie Sharma,

ich weiß nicht wie ich euch in die Augen schauen soll und euch erklären kann, dass mein Leben nicht an der Seite von Rahul sein darf.

Ich mache mir diese Entscheidung nicht leicht aber es geht nicht anders. Ihr seid alle immer so lieb zu mir gewesen, habt mich in eurer Mitte aufgenommen und wolltet mir und meiner Tochter ein Leben außerhalb des Witwenhauses ermöglichen. Das ist nicht möglich, denn es wäre nicht richtig.

Aus diesem Grund bin ich gegangen und habe mich dazu entschlossen wieder zurückzugehen. Dahin wo ich hingehöre, ins Witwenhaus. Dass es uns allen nicht so schwerfällt, das zu akzeptieren, bitte ich euch meinem Wunsch zu entsprechen und keinen Kontakt mehr zu mir aufzunehmen.

Ich werde euch auf ewig dankbar sein für alles, was ihr für mich getan habt oder tun wolltet.

Aditi

„Nein, nein, nein das kann nicht sein!" Anjalie stand nahe der Rezeption, an welcher sie gerade den Brief bekommen hatte, in welchem Aditis Abschiedswort standen. „Warum jetzt?

Sie haben doch angefangen zueinanderzufinden." Enttäuscht ließ sie die Arme sinken und atmete geräuschvoll aus.

„Anjalie wir müssen das akzeptieren. Aditi möchte ihr Leben nicht mit Rahul verbringen."

„Mutter, das ist jetzt nicht dein Ernst! Die beiden gehören zusammen."

„Lasst uns in unsere Zimmer gehen", entschied Rahul plötzlich. Er hatte die letzten Minuten reglos auf den Brief gestarrt, den Anjalie ihm gereicht hatte.

„Was?" Anjalie starrte ihren Bruder an.

„Du hast mich verstanden", erwiderte Rahul aufgebracht. „Geht auf eure Zimmer. Jetzt!" Rahul wandte sich ab und stürzte aus der Lobby. Die beiden Frauen konnten ihm nur noch mit gerunzelter Stirn hinterherschauen. So kannten sie Rahul gar nicht. Was war nur mit ihm los?

Als Aditi zu sich kam, lag sie in einem Raum auf einer weichen Unterlage. Es roch nach frischem Kardamom, Koriander und es lag etwas Schärfe in der Luft.

Durch einen Spalt zwischen den Vorhängen an der Wand kam Licht, aber nicht genug, um das Zimmer ausgiebig anzuschauen. Sie hörte

Stimmen, die sich draußen vor dem Fenster unterhielten. Die Männer sprachen in einem Dialekt, den sie nicht zum ersten Mal hörte. Aber das nützte ihr nichts, denn sie verstand kaum ein Wort dessen, was die Männer erzählten.

Doch Aditi nutze ihre Chance, noch ehe die Männer weggehen konnten.

„Hallo? Hilfe!

Ich bin hier unten, hallo, hört mich den keiner?"

Sie rief so laut, wie sie konnte und hoffte, dass einer sie draußen hörte. Und hoffentlich auch verstand, dass sie hier in einer Notlage war.

Doch nicht die Männer draußen hörten sie. Stattdessen hämmerte es an der Tür und eine aggressive männliche Stimme brüllte ihr durch die geschlossene Tür entgegen. „Sei ruhig, Weib, sonst komme ich rein und bringe dir Benehmen bei."

„Bist du verrückt geworden?" Eine zweite männliche Stimme fuhr den ersten direkt nach seinem Ausbruch an. „Wir dürfen ihr nichts tun. Er will sie lebend und vor allem gesund. Wenn sie tot oder verletzt ist, dann macht er uns fertig und das willst du doch nicht, oder?"

„Nein, bestimmt nicht, aber wenn sie weiter schreit, dann zieht sie nur noch Aufmerksamkeit von draußen auf sich", zischte der erste Kerl zurück. Aditi wagte kaum zu atmen, um nur kein Wort zu verpassen.

„Lass sie schreien. Die Männer draußen gehörten fast alle zu uns."

Das schien den ersten Mann zu beruhigen, denn er erwiderte nichts mehr auf diese Worte.

Aditi fühlt sich jedoch, als hätte man ihren Körper mit Eiswasser geflutet.

Keiner hört mich.

Immer wieder ging ihr der Gedanke durch den Kopf. Niemand hörte sie. Und wenn, war es eher wahrscheinlich, dass diejenigen, die sie hörten, ihr nicht helfen konnten. Nicht helfen wollten.

Langsam sank sie an der kühlen Wand ihres Gefängnisses herunter. Sie krallte sich an den Stoff ihres Saris fest und starrte stumm an die gegenüberliegende Wand.

Sie rührte sich erst wieder, als ein Schlüssel ins Schlüsselloch gesteckt und herumgedreht wurde. Ihr Kopf schnellte nach rechts, wo die Tür quietschend und knarrend aufgeschoben wurde. Einer der Männer kam in den Raum und stellte ein Tablett mit Essen und Trinken auf den Tisch. Er war vermummt, sodass nur seine Augen sichtbar waren. Doch selbst diese konnte sie wegen der schlechten Lichtverhältnisse kaum erkennen. Aditi versuchte, ihm ein paar Worte zu entlocken, redete auf ihn ein. Sie fragte ihn belanglose Sachen, wie das Datum oder die Uhrzeit, aber er ging wieder und schloss die Tür hinter sich, ohne auch nur ein Wort an sie gerichtet zu haben.

Mittlerweile hatte Aditi so großen Hunger und Durst, dass sie sich an den Tisch setzte. Es gab einfaches Naanbrot mit einem Chutney aus roten Linsen. Dazu hatten sie ihr Wasser und Milch gestellt.

Beim Essen dachte sie an ihre Tochter und was aus ihr werden würde, wenn sie nicht wieder zurückkäme.

Kaum hatte Aditi ein paar Happen des Essens zu sich genommen, was wirklich nicht schlecht schmeckte, wurde ihr etwas flau und schwindelig. Sie legte sich auf die Matte und merkte, wie ihre Kräfte schwanden und ihre Augen schwer wurden.

Nein, ich darf nicht einschlafen, nicht schon wieder. Sie sackte auf ihrem Stuhl zusammen, kaum dass sie diesen Gedanken zu Ende gedacht hatte.

Aditi kam wieder zu sich, es war etwas Zeit vergangen. Wie viel Zeit, wusste sie nicht, nur das es morgens war, denn die Sonne schickte ihr wieder wärmende Strahlen ins Gesicht.

Sie hatte jedes Zeitgefühl verloren, wusste nicht, welcher Tag oder welche Uhrzeit es war. Die Sonne war das einzige, woran sie erkennen konnte, dass es Tag.

Laut rief sie nach den Männern, bis sie feststellte, dass die Männer wohl vergessen hatten, die Tür zu verschließen, als sie ihr das Essen gebracht hatten. Sie setzte sich auf und ging schwankend zur Tür. Als sie aus dem Raum kam, schaute sie sich um. Es war niemand zu sehen, nicht eine Menschenseele.

Bevor sie den Keller verließ, schnappte sich einen Salwar, der auf einem Stuhl lag und streifte ihn sich über ihren Sari. So würde sie im ersten Moment niemand erkennen können.

Auf ihrem Weg aus dem Keller, begegnete sie niemanden. Und auch als sie nach einer ganzen Weile des Wartens nach draußen trat, war alles menschenleer. *Was war hier los, wo sind all die Menschen hin*

Als sie an einem Altar vorbeikam, brannten kleine Öllämpchen und es waren Opfergaben ausgelegt. Das war ein Zeichen für Aditi, dass es bis vor kurzem noch Menschen hier gegeben haben musste.

Kaum hatte sie darüber nachgedacht, waren Stimmen zu hören und binnen weniger Minuten entstand ein Gewusel, wie auf einem Basar. Es wurde laut und sie konnte deutlich einen der Männer, der vor ihrer Tür Wache gehalten hatten schreien hören.

„Sie ist weg!!!"

„Alarmiert die Männer", antwortete ein zweiter Mann, „wir müssen sie finden, der Chef macht uns einen Kopf kürzer."

Aditi versteckte sie in einem Stall hinter den Ziegen, die laut über ihre Anwesenheit meckerten.

„Psst, seid doch leise, bitte. Sonst finden die Männer mich noch!"

„Hier ist sie nicht", erklang plötzlich eine junge Stimme, nicht weit weg von ihr. „Die Ziegen haben nur Hunger und müssen auf die Weide."

Aditi lugte hinter ihrem Versteck vor. Ein Junge trieb die Herde hinten aus dem Stall und sagte beim Vorbeigehen am Heu. „Wenn Sie nicht wollen, dass die Männer Sie finden, kommen Sie mit mir!"

Aditi hatte keine Wahl und sie schloss sich dem Jungen mit der Herde an. Er ging schnellen Schrittes. Aditi konnte kaum mithalten, da sie noch immer geschwächt war, von dem, was man ihr ins Essen gemischt hatte. Aber sie mobilisierte ihre letzten Kräfte. Hauptsache, die Männer konnten sie nicht fassen.

Hinter dem Hügel verschwunden, blieb der Junge stehen. „So, jetzt können Sie gehen, wohin Sie wollen, die werden Sie nicht finden."

„Ich danke dir für deine Hilfe. Sag, wie heißt du denn?"

„Mein Name ist Kieran. Und jetzt gehen Sie. Schnell!"

Aditi rührte sich nicht vom Fleck, obwohl sie wusste, dass sie es sollte. „Bekommst du keinen Ärger, wenn die Leute mitbekommen, dass du mir geholfen hast?"

„Nein, die reden nicht mit mir! Ich bin ein Aussätziger, gehöre nicht zu ihrer Kaste und deshalb beachten sie mich nicht."

Aditi hatte schon mal in ihrem Witwenhaus davon gehört, dass Frauen, die ein Kind von einem Mann bekommen und der einer anderen Kaste angehörte, ausgestoßen wurden. Aber dass es Kindern auch so ging, das schockierte sie.

„Möchtest du vielleicht mit mir kommen? Ich habe ein Zuhause, wo deine Kaste keine Rolle spielt.

Du kannst zur Schule gehen, brauchst nicht mehr arbeiten und bekommst Essen und Trinken, immer und jeder Zeit."

„Aber ich kenne Sie doch nicht."

Aditi lachte. „Ich heiße Aditi und komme aus Delhi."

„Na das ist ja mal was, da war ich noch nie."

„Es ist weit und wir müssen schnell aufbrechen. Was machen wir mit den Ziegen?", fragte Aditi den Jungen.

„Ach, die lassen wir hier. Die gehen von allein in den Stall, wenn es dunkel wird." Der Junge kannte seine Ziegen, weshalb Aditi sich mit dieser Antwort zufriedengab.

„Dann lass uns von hier verschwinden."

Aditi und Kieran gingen neben der Straße her und immer, wenn ein Auto kam, versteckten sie sich unter den Büschen am Straßenrand.

Kieran hatte zu ihrem großen Glück immer einen Ziegenmagen voll mit Wasser bei sich und etwas Brot für den Fall der Fälle.

Das teilten sie sich jetzt ein, in der Hoffnung, es würde bis Mathura reichen.

Die Nächte über krochen sie unter die Büsche am Straßenrand oder suchten Schutz in Erdlöchern, ihnen war kalt und an richtigen Schlaf war nicht zu denken.

Doch je mehr Distanz sie zwischen sich und ihren Entführern brachte, umso hoffnungsvoller wurde Aditi.

Ein paar Tage und viele Kilometer später, hatten sie das Gefühl, sie mussten sich nicht mehr verstecken. Das war jedoch das einzig Positive. Mittlerweile waren beide so kraftlos, dass sie immer schlechter vorankamen.

Kieran stellte sich auf die Straße und versuchte eines der vielen vorbeifahrenden Autos anzuhalten. Und er hatte Glück. Ein Tatra-Bus bremste und öffnete die Tür.

„Steigt ein." Der Fahrer winkte sie mit der rechten Hand in den Bus. „Setzt euch und schließt die Tür mit einem kräftigen Ruck zu! Wo wollt ihr hin?"

Aditi und Kieran kamen der Aufforderung nach, setzten sich erschöpft aber erleichtert in die erste Reihe.

„Mathura", antwortete Aditi. Und zu ihrem großen Glück, wollte der Fahrer ebenfalls dorthin.

Er war neugierig und wollte sie ausfragen, warum sie zu Fuß unterwegs waren und was sie in Mathura wollten. Aditis Antworten fielen spärlich aus. Sie war so erschöpft, dass ihr immer wieder die Augen zufielen.

Und wenn sie ehrlich war, wollte sie nach diesem Erlebnis, auch gar nicht zu viel diesem Fremden – so nett und hilfsbereit er auch sein mochte – erzählen. Der Fahrer ließ sie wenig später auch in Ruhe und obwohl Aditi wach bleiben und auf Kieran aufpassen wollte, schlief sie vor Erschöpfung nur Minuten später ein.

„Wir sind da", rief der Mann am Steuer, begleitet von einem langen Hupen. Aditi zuckte zusammen. Die Tür stand schon offen und nachdem sie sich einen Moment orientiert hatte, stiegen Kieran und sie aus. Sie hob die Hand zum Gruß und bedankte sich. Dann suchten Kieran und sie eine freie Rikscha, mit der sie ins Hotel fahren konnten.

Zwei Stunden später kam Aditi mit frischen Sachen aus dem Badezimmer. Kieran saß bereits, in frischen Sachen gehüllt, auf dem Sofa ihres Hotelzimmers und blickte sich noch immer erstaunt um. Es war nicht leicht gewesen, ihn davon zu überzeugen, hierzubleiben und nicht gleich wieder verschwinden zu wollen. Doch Aditi konnte ihn nicht wieder sich selbst überlassen, auch wenn sie wusste, dass er sich allein durchschlagen konnte.

„Es wird Zeit, dass die anderen erfahren, dass ich wieder zurück bin", verkündete Aditi und streckte die Hand nach Kieran aus.

Sie verließen zusammen das Hotelzimmer und gingen runter an die Rezeption, um zu fragen, wo sie Familie Sharma finden konnten, denn in ihren Zimmern hatten sie niemanden angetroffen.

„Aditi, hallo", rief eine ihr vertraute Stimme. Sie drehte sich um und Erleichterung strömte durch ihren Körper. Sunika und Jodha kamen auf sie zugelaufen und fielen ihr in die Arme. „Du bist wieder da! Mutter und Großmutter werden sich freuen!"

Interessiert musterten die Mädchen Kieran, was Aditi dazu brauchte, ihn vorzustellen. „Das ist Kieran. Ich erzähle euch später, warum er hier ist. Das ist eine lange Geschichte. Bringt mich doch bitte zu eurer Mutter und Bamita."

7. Der neue Sohn

Sunika und Jodha brachten Aditi und Kieran wie gewünscht zu Bamita und Anjalie. Die beiden saßen an einem Tisch am Fenster des Restaurants und unterhielten sich.

Als Anjalie Aditi auf halbem Weg wahrnahm, sprang sie von ihrem Stuhl auf und lief auf sie zu. „Aditi! Wie schön, dass du es dir anders überlegt hast und zurück bist."

Die Frauen umarmten sich, doch schnell ließ Aditi ihre Freundin wieder los.

„Was habe ich mir anders überlegt?"

„Na, dass du uns verlässt, weil du nicht mit Rahul zusammen sein kannst", antwortete Anjalie. Aditi schaute sie verwirrt an. „Der Brief?", fragte Anjalie irritiert.

„Tut mir leid, ich habe keinen Brief geschrieben." Nun war es Anjalie, die verwirrt schaute. „Lass uns am besten erst mal zum Tisch gehen. Dort kannst du alles erzählen."

Kieran war überwältigt von allem, was er sah. Er schaute sich verlegen immer wieder um, ob irgendjemand ihn gleich am Hemd packen würde, um ihn aus dem Hotel zu werfen. Aditi blieb das nicht verborgen und sie nahm ihn an die Hand. „Komm, du brauchst keine Angst haben, dir wird niemand etwas tun."

„Ich habe keine Angst. Ich bin doch ein Mann, und Männer sind mutig."

Jodha und Sunika fingen an zu lachen, doch Bamitas ernster Blick ließ sie augenblicklich verstummen.

Während Aditi und Anjalie mit den Kindern an ihrem Tisch Platz nahmen, ging Bamita zur Bar, um beim Kellner für alle Getränke zu bestellen. „Und bitte informieren Sie meinen Sohn, Rahul Sharma, Zimmer 2815, dass wir hier sind und auf ihn warten."

„Ja, Madam, das mache ich sofort."

„Gut, gut dann gehe ich jetzt zu meinem Tisch und wenn mein Sohn da ist, können Sie uns die Speisekarte bringen. Bis dahin bitte keine Störung!"

Der Kellner hinter der Bar nickte nur voller Respekt und sagte keinen Ton mehr.

Als Bamita am Tisch Platz genommen hatte, schaute Kieran sie an. „Die Männer haben ganz schön Angst vor Ihnen. Sind Sie der Boss hier?" Bamita lächelte ihn an.

„Nein, mein Junge, ich bin nur die Großmutter."

Kieran öffnete erstaunt den Mund, als könnte er nicht glauben, dass eine Großmutter so viel Respekt verdient hatte. Nachsichtig lächelnd, strich Bamita ihm über den Kopf. Immerhin konnte er es nicht besser wissen.

Der Kellner brachte die Getränke und verteilte sie an jeden Einzelnen am Tisch. Dann ging er wieder.

„So, Aditi, nun erzähle uns, wo du warst und was geschehen ist, wenn nicht du diesen Brief hinterlassen hast."

Aditi erzählte die ganze Geschichte, zumindest all das, was sie noch wusste, und auch, wie Kieran sie gerettet hatte. Wie die beiden tagelang gelaufen waren, um wieder nach Mathura zu kommen. Alle waren erschüttert und entsetzt, aber auch froh, dass Aditi wieder bei ihnen war.

„Also eines steht fest: Wenn Kieran nicht gewesen wäre, dann würde ich hier noch nicht sitzen."

Bamita lächelte Kieran an, der unter ihrem Blick leicht errötete. Er war es nicht gewohnt, so ein Lob zu hören, wie Aditi es ihm gerade gemacht hatte.

„Jodha", sagte Bamita plötzlich und sah ihre Enkelin an.

„Ja, Großmutter?"

„Kannst du bitte mit Kieran und Sunika nachschauen, wo Rahul bleibt!" Ohne zu diskutieren, standen die Kinder auf und verließen den Tisch, um nach Rahul zu sehen.

„So, nachdem wir jetzt allein sind", kam Bamita zum Punkt und sah Aditi an, „habe ich eine Frage an dich. Was hast du mit Kieran vor? Er ist kastenlos und niemand wird jemals für ihn da sein."

„Ja, ich weiß und mir zerreißt es das Herz, aber ich habe da schon einen festen Gedanken in meinem Kopf. Ich kann ihn nicht zu mir ins Witwenhaus mitnehmen und da habe ich an euch gedacht, Anjalie."

„Was, warum an mich?"

„Nachdem du damals deinen Sohn verloren hast und ihr keine weiteren Kinder bekommen habt, dachte ich, dass Kieran bei dir und den Mädchen gut aufgehoben ist. Du kannst ihn wie deinen eigenen Sohn ins Herz schließen, er müsste fast das gleiche Alter haben, wie dein Sohn Karan jetzt hätte."

Anjalie schluckte angestrengt bei der Erinnerung an ihren Sohn. Berührt und mit Tränen in den Augen drehte sie sich bittend zu ihrer Mutter. „Was meinst du? Wäre das ein Problem für uns, wenn wir Kieran bei uns aufnehmen und ihn großziehen?"

„Nein, ich glaube, das ist eine sehr gute und vernünftige Idee! Dann muss nur dein Mann noch damit einverstanden sein."

Anjalie lächelte, als wüsste sie schon jetzt, wie ihr Mann reagieren würde. Aber fragen musste sie ihn selbstverständlich trotzdem.

Aditis Kopf ruckte gerade im richtigen Moment herum, als Rahul neben ihr auftauchte. Er kniete sich neben sie und schloss sie sanft in seine Arme.

„Es ist mir egal, was du jetzt sagst und die anderen denken! Ich lasse dich nicht los!" Seine Stimme war nur ein Flüstern, welches Aditi einen kleinen Schauer über den Rücken jagte. Für einen Moment ließ sie die Umarmung zu und erwiderte sie, ehe sie Rahul sanft von sich schob.

„Es ist alles in Ordnung", sagte sie leise. „Ich bin wieder hier und es geht mir gut."

Die Kinder setzten sich auf ihre Plätze und Rahul nahm auf dem freien Stuhl Platz. Der Kellner kam und brachte die Karte. Sie bestellten sich heute zu diesem Anlass ein besonderes Essen mit vielen Leckereien.

Als sie alle mit dem Essen fertig waren, stand Bamita auf, ging zu Kieran und nahm ihn in den Arm. „Mein Junge, wir haben uns überlegt, dass wir dir ein Zuhause geben möchten, sodass du endlich wieder in einer Familie mit viel Liebe leben kannst."

Kieran schaute Bamita erwartungsvoll an.

„Kannst du dir vorstellen, bei uns zu leben und als Sohn von Anjalie und ihrem Mann bei uns zu bleiben? Sunika und Jodha wären deine Schwestern und immer für dich da. Du musst uns nicht gleich antworten! Überlege es dir und sag uns dann deine Antwort."

Sie ließ wieder von ihm ab und ging zu ihrem Stuhl zurück und setzte sich. Aditi, Anjalie und die Mädchen hatten feuchte Augen, was Rahul veranlasste, gleich noch etwas dazu zu sagen.

„Also, wenn du mich fragst, kann dir nichts Besseres passieren. Schau sie dir an! Sie haben Tränen in den Augen, weil sie aus tiefstem Herzen so viel Liebe zu geben haben. Und mit meiner Schwester hast du eine Mutter, die für dich kämpfen wird, wie eine Löwin."

Kieran schaute zu Aditi.

„Du bist der neue Sohn der Familie, wenn du es willst." Sie lächelte ihren kleinen Retter an.

Kieran stand auf, stellte sich auf den Stuhl, um seine Entscheidung zu verkünden. „Ich würde mich freuen, wenn ihr meine Familie seid, ich eine Mutter habe und eine Großmutter und Schwestern. Ich hatte noch nie eine Schwester."

Anjalie stand auf, ging um den Tisch, hob Kieran vom Stuhl und nahm ihn fest in ihre Arme. Alle anderen taten es Anjalie gleich, womit besiegelt war, dass Kieran von nun an zur Familie gehören würde.

„Hallo, lasst mich los! Ich bekomme ja gar keine Luft. Eine Bitte habe ich noch."
„Ja, welche denn?"

„Kann Aditi meine Tante sein?"

„Ja, ich denke, das kann ich sein, oder?" Sie schaute Rahul an.

„Ja, das kannst du", bestätigte er und nahm ihre Hand, um diese zu drücken.

„Mutter", Rahul ging um den Tisch herum zu Bamita, „hast du etwas dagegen, wenn ich Aditi zu meiner Frau nehmen würde?"

„Ich weiß nicht, ob das heute und hier entschieden werden sollte. Ich glaube, das waren erst einmal genügend Aufregungen."

Alle schauten entsetzt zu Bamita, unfähig etwas zu sagen. Da fädelte sie die ganze Zeit Treffen zwischen Aditi und Rahul ein, nur um jetzt zurückzurudern?

Rahul schüttelte den Kopf. Doch noch ehe er etwas erwidern konnte, mischte Kieran sich ein.

„Da hat Großmutter recht, aber morgen könnt ihr sie ja noch mal fragen."

Rahul fing, ob der Dreistigkeit des kleinen Mannes, an zu lachen. „Kieran, das stimmt. Warum bin ich da nicht selbst darauf gekommen? Ich danke dir. Geben wir uns allen die Zeit, alles zu verarbeiten. Was sagst du Aditi?"

„Wir sollten es nicht überstürzen, ja", bestätigte sie. „Und, Bamita, ich danke dir für deine ehrlichen Worte."

Froh, um eine Erklärung herumgekommen zu sein, löste Bamita die Runde auf und schickte sie auf ihre Zimmer.

„Bamita, kann ich dich noch kurz sprechen?" Aditi war sitzen geblieben, um auf die alte Dame zu warten.

„Aber ja, mein Kind, was ist los?"

„Ich werde morgen früh wieder nach Hause fahren, bevor die Anderen zum Frühstück kommen."

„Ja, das habe ich mir gedacht, du möchtest zu deiner Tochter, nicht wahr?"

„Ja, auch, aber ich möchte einfach zur Ruhe kommen und …" Sie machte eine lange Pause. „Ich bin froh, dass du heute Bedenken hattest. Dadurch habe ich die Zeit, über alles nachzudenken."

„Also gut, dann fahr du morgen früh nach Hause und wir werden dann nach dem Frühstück aufbrechen. Du wirst aber nicht allein fahren, ich werde dir unseren Adam mitschicken. Der kann auf dich aufpassen und dich beschützen. Ich möchte nicht, dass dir wieder etwas passiert."

„Gut, das ist mir recht, dann habe ich Gesellschaft auf der Fahrt."

Bamita und Aditi standen auf und gingen zu ihren Zimmern. „Aditi, meine Tochter."

„Ja, Bamita?"

„Eines sollst du noch wissen, bevor du morgen wieder in dein altes Leben gehst. Ich habe mir die Antwort heute nicht leicht gemacht. Ich würde mich freuen, dich als Schwiegertochter zu haben. Aber es ist, glaube ich, einfach der falsche Zeitpunkt. Ihr solltet erst einmal wieder zueinanderfinden und prüfen, ob ihr wirklich zusammenbleiben wollt und könnt. Noch einmal überlebt das keiner von uns, wenn du dann wieder gehst und wir dich verlieren."

Aditi nickte verständnisvoll. Es gab nichts mehr zu sagen. Sie verabschiedete sich mit gefalteten Händen. „Shubh raatri."

„Dhang se sona", erwiderte Bamita.

Beide gingen auf ihre Zimmer und machten sich für die Nacht fertig.

Als Aditi im Bett lag, konnte sie nicht einschlafen und drehte sich von einer Seite auf die andere. Doch ihre Gedanken kreisten immer um das, was Bamita an diesem Abend gesagt hatte. Wieder war sie an einem Punkt angekommen, wo sie sich entscheiden sollte.
Nein, entscheiden musste. Wieder hatte sie keine Ahnung, wie sie das alles hinbekommen sollte. Dieses Mal war sie auf sich gestellt. Dieses Mal musste sie die richtige Entscheidung allein treffen.

Sie verließ das Bett wieder und lief in ihrem Hotelzimmer auf und ab, da klopfte es an ihrer Tür.

„Aditi, kannst du mir bitte öffnen?", rief eine kleine zarte Stimme, die sie sofort als Kierans erkannte.

„Was ist los, was machst du hier Kieran?", fragte Aditi, nachdem sie die Tür geöffnet hatte.

„Ich kann nicht schlafen, mir fehlen die Sterne am Himmel. Das Zimmer ist schön, aber so dunkel. Ich sehe den Mond nicht und mir fehlt die Wärme der Ziegen, auch wenn sie jämmerlich stinken."

„Ach, Kieran, das tut mir leid. Komm herein. Wenn du möchtest, kannst du bei mir schlafen und ich erzähle dir eine Geschichte."

Kieran legte sich auf das Bett und kuschelte sich an Aditi. Sie fing an, ihm eine Geschichte zu erzählen, die ihr früher immer erzählt wurde, wenn sie nicht einschlafen konnte. „Es war mal ein kleines Mädchen. Sie hieß Rucsa und war 5 Jahre alt. Sie ging nicht gern zur Schule, wollte lieber mit ihren Zicklein spielen, denn ihr Vater hatte eine ganze Herde davon."

„Oh, die habe ich auch", sagte Kieran und verstummte gleich wieder. „Was meinst du, geht es meinen Ziegen gut?"

„Aber ja, ganz bestimmt geht es ihnen gut. Soll ich die Geschichte weitererzählen?"

„Nein, das macht mich nur traurig und ich muss an meine Ziegen denken." Kieran kuschelte sich in Aditis Arme und es dauerte auch nicht lang, da schlief er tief und fest. Vor Erschöpfung und unter den leisen Geräuschen, die Kieran beim Schlafen von sich gab, schlief auch Aditi schließlich ein.

Der Morgen erstrahlte mit wärmendem Sonnenschein. Keine Wolke war am Himmel zu sehen. Es war herrlich still. So still, dass man die Gebete der Menschen aus dem weit entfernten Tempel hören konnte und das Rauschen des Flusses, trotz der Kühe und Menschen, die gemeinsam ein reinigendes Bad nahmen.

Aditi stand lange am Fenster und schaute dabei zu. Sie merkte erst, dass auch Kieran aufgewacht war, als er sich neben sie stellte. „Warum schaust du so traurig?"

„Guten Morgen, Kieran. Ich schaue traurig, weil ich Abschied nehme."

„Aber, warum Abschied, wo willst du denn hin?"

„Ich werde heute nach Hause fahren, zu meiner Tochter, und in mein Leben zurückkehren."

„In dein Leben? Aber wo ist das und warum kann ich da nicht mit? Warum muss ich bei …"

„Kieran, es tut mir leid, aber da, wo ich mit meiner Tochter lebe, sind keine Jungen und Männer erlaubt. Bei Familie Sharma hast du ein schönes Zuhause. Sie werden dich verwöhnen und dich beschenken und dir jeden Wunsch erfüllen. Du kannst zur Schule gehen, lesen und schreiben lernen. Das möchtest du doch, oder?"

„Ja, das möchte ich. Aber kann ich dich wenigstens besuchen oder darf ich das auch nicht?"

„Ich komme lieber zu euch und besuche dich, wenn du das möchtest."

„Ja, bitte, ich freue mich schon darauf, dich wieder zu sehen. Bringst du deine Tochter auch mit? Dann habe ich jemanden, mit dem ich spielen kann. Die anderen beiden sind mir, ehrlich gesagt, zu alt."

Beide lachten. Aditi breitete ihre Arme aus und schloss Kieran darin ein. „Ich danke dir für alles, kleiner liebenswerter Kieran."

Ihr standen die Tränen in den Augen, sie wischte sie schnell weg, damit er nichts davon mitbekam. Denn nur sie wusste, dass die beiden sich so schnell nicht wiedersehen würden, aber sie wollte ihm nicht die Hoffnung nehmen.

8. Die Heimkehr ins Witwenhaus

Die Fahrt mit dem Zug war sehr anstrengend. Alle Sitzplätze waren besetzt und ihr blieb nichts anderes übrig, als die gesamte Fahrt über einen Stehplatz direkt neben der Toilette zu ertragen. Aber das hatte auch Vorteile. So kam sie mit ein paar interessanten Menschen ins Gespräch und erfuhr einiges über diese Menschen. Zum Beispiel von der älteren Frau, die ihre Kinder in Delhi besuchen wollte, aber nicht genau wusste, wo sie wohnten. Aditi empfahl ihr, zum Stadtvorsteher zu gehen, der solche Sachen wissen könnte.

Dann war da noch der junge Student, der an der gleichen Universität studierte, an der auch Rahul als Lehrer arbeitete. Sie kamen darüber ins Gespräch, was es alles Neues an der Universität gab.

Nach acht langen Stunden war sie zu Hause angekommen. Erschöpft stieg sie aus der Rikscha, die sie vom Bahnhof ins Witwenhaus gebracht hatte. Sie bezahlte den Fahrer, nahm ihre Tasche und stieg aus.

Sofort als sie auf den Hof trat, wollten die Frauen sie bestürmen und wissen wie ihre Zeit in Mathura gewesen war, doch Aditi erbat sich erst mal etwas Ruhe. Sie wollte duschen, eine Kleinigkeit essen und sich dann, einen Überblick verschaffen, was in ihrer Abwesenheit geschehen war.

Es waren zwar ein paar Frauen dazu gekommen, aber das war nichts Neues. Die Frauen freuten sich, als sie hörten, dass Aditi wieder zurückgekommen war, und stürmten mit ihren Problemen auf sie ein, sodass sie nicht einmal Zeit hatte, ihre Tochter richtig zu begrüßen. Nur ein flüchtiges „Hallo, mein Schatz" war möglich, bevor die Kleine von eine der Frauen aus dem Kinderhaus abgeholt wurde.

Aditi hatte nicht viel Zeit, weiter darüber nachzudenken, und stürzte sich gleich in die Arbeit. Es war nicht einfach, aber nach ein paar Stunden hatte sie alles erledigt und konnte sich endlich ihrer Tochter widmen, die mittlerweile wieder aus dem Kinderhaus zurück war.

Schnell machte Aditi sich auf den Weg in ihre Wohnung. Als sie in die Küche trat, sprang Nishay von ihrem Stuhl und rannte in die weit geöffneten Arme ihrer Mutter. „Mama, endlich bist du wieder da! Du warst so lange weg. Hast nicht an mich gedacht?"

„Aber ja, mein Schatz, jeden Tag habe ich an dich gedacht und zu Krishna gebetet, dass er auf dich achtgeben soll, damit dir nichts geschehen mag."

„Wirklich? Und, wo ist dann mein Geschenk? Du hast mir bestimmt etwas mitgebracht, oder?"

„Ja, das habe ich. Du weißt doch, dass ich meinem Schatz immer etwas mitbringe! Oder habe ich das schon einmal nicht getan?"

Nishay schaute Aditi von unten nach oben an und meinte. „Nein."

„Also, dann geh mal in mein Zimmer. Auf meinem Bett steht eine Schachtel und was in der Schachtel ist, ist für dich!"

Nishay rannte, so schnell sie konnte, in das Zimmer. Sie nahm die Schachtel und ging zurück in die Küche. Als sie wieder auf dem Stuhl saß, legte sie die Arme verschränkt auf den Tisch und den Kopf darauf. Dann schaute sie sich die Schachtel lange und sehr genau an.

„Nishay, was ist los? Warum öffnest du die Schachtel nicht?"

„Mama, sie ist so schön, diese vielen Farben und die ganzen Glitzersteine."

„Mach sie doch mal auf und schau rein."

Nishay öffnete langsam und vorsichtig die Schachtel. Darin lagen wunderschöne Armreifen aus Glas in der Lieblingsfarbe ihrer Tochter.

„Rosa Armreifen, Mama. Die sehen ja genauso aus, wie deine." Nishay freute sich so sehr, dass sie weinte.

„Aber, warum weinst du denn, mein Kind?", fragte Preity, die gerade zur Tür hereinkam.

„Preity, schau mal, was Mama mir mitgebracht hat."

„Oh ja, die sehen aber wunderschön aus."

„So, jetzt ist es aber Zeit fürs Bett", verkündete Aditi, nachdem Nishay und Preity die Armbänder eine Weile betrachtet hatten.

„Aber, ich möchte noch nicht ins Bett, bitte, ich möchte noch bei euch bleiben und hören, was Mama so erlebt hat in der Stadt und wie das Fest war. Bitte, nur noch zehn Minuten."

„Na gut, noch zehn Minuten und dann gehst du aber ins Bett."

„Ja, das mache ich, versprochen."

Aditi erzählte ihrer Tochter vom Holi-Fest und schmückte ihre Erzählung ein wenig aus, denn viel hatte sie davon nicht mitbekommen. Außerdem gab es die Entführung und von dieser brauchte Nishay auch nichts zu erfahren.

Preity brachte Nishay eine halbe Stunde später ins Bett. Für eine Tasse Tee kehrte Aditi ins Wohnzimmer zurück, doch lange hielt sie es nicht mehr aus. Der Tag war lang und sie spürte, wie die Müdigkeit an ihr zerrte.

Die Nacht ging schnell vorbei und Aditi wachte um kurz nach 6 Uhr auf, nachdem ihre Kleine in ihr Bett kam, um mit ihr zu kuscheln, und sie dabei mit ihren kleinen kalten Füßchen erschreckt hatte. Ein paar Minuten konnten sie sich noch zu zweit gönnen, bevor ihr Tag starten würde.

Da das Frühstück von Preity schon vorbereitet war, als Aditi in die Küche trat, konnte sie schnell etwas zu sich nehmen und dann ihren Aufgaben nachgehen. In der Ruhe, die sie früh morgens immer hatte, schaffte sie einen Großteil der unerledigten Aufgaben. Sie arbeite hoch konzentriert, bis in den späten Vormittag rein, führte Telefonate und kümmerte sich um Anträge und Akten. Es war befreiend zu sehen, wie der Aufgabenberg abnahm.

Gegen Mittag telefonierte Aditi mit dem Amt, als ein zweiter Anruf hereinkam. Das leise Klopfen im Hörer, während der Mann am anderen Ende ihr zu erklären versuchte, warum eine Genehmigung noch nicht ausgestellt werden konnte, ließ sie ihn unterbrechen.

„Es tut mir leid. Ich melde mich später noch mal. Namaste."

Aditi stellte das Telefonat um, um den Anruf aus Bern anzunehmen. Sie freute sich, etwas aus der Heimat zu hören, denn allzu oft kamen Telefonate nicht vor. Es war teuer und Zeit hatten sowohl sie als auch ihr Vater so gut wie nie.

Doch es war nicht ihr Vater, der sie am anderen Ende der Leitung begrüßte, sondern Estell. Und dass was sie sagte, ließ Aditis Laune rapide sinken. Sie umfasste den Stift in ihrer Hand fester.

Estell berichtete, dass ihr Vater im Krankenhaus läge, da es ihm nicht gut ginge und er darum gebeten hatte, dass seine Tochter benachrichtigt wurde.

Schockiert und mit Tränen in den Augen hörte Aditi sich an, was Estell zu sagen hatte. Ohne lange zu überlegen, versprach sie, sich mit ihrer Tochter auf den Weg zu machen und nach Bern zu fliegen.

Als das Telefonat beendet war, setzte sich Aditi mit dem Flughafen in Verbindung und fragte nach den nächsten Flügen in die Schweiz. Sie konnte kaum einen klaren Gedanken fassen. In ihrem Kopf gab es nur einen Wunsch. Sie wollte, so schnell es ging bei ihrem Vater sein.

Doch je länger sie mit dem Flughafen und Fluggesellschaften telefonierte, umso verzweifelter wurde sie. Die Flüge waren Last Minute so überteuert, dass sie sich diese nicht leisten konnte.

Sie hatte nur eine Möglichkeit, schnell zu ihrem Vater zu kommen. Es fiel ihr nicht leicht, doch der Wunsch ihres Vaters überwog ihren Stolz.

„Preity, ich muss noch mal weg. Ich gehe zu Bamita Sharma. Wenn etwas ist, kannst du mich dort erreichen."

„Ja, mache ich, mach dir keine Sorgen."

Aditi machte sich auf den Weg zum Rikschastand und ließ sich dann von ihrem Fahrer des Vertrauens, zu Familie Sharma bringen. Nach einer halben Stunde war sie endlich angekommen.

Sie sah Bamita sofort, als sie in den Hof trat, auch wenn sie im Haus war und Kieran gerade eine Geschichte erzählte. „Komm rein." Bamita winkte ihr erfreut zu, während Kieran schon auf sie zugesprungen kam. Sie schloss ihn in die Arme und drückte ihn einen Moment lang fest an sich.

„Was führt dich zu uns, mein Kind?", fragte Bamita, noch ehe Aditi sich von Kieran gelöst hatte.

„Ich habe ein Problem, bei dem ich eure Hilfe brauche."

„Was ist geschehen? Deine Augen sind mit Tränen gefüllt", sagte der kleine Kieran. Was solche Dinge anging, war er sehr aufmerksam.

Bamita goss Aditi ungefragt vom Tee ein und sah sie auffordernd an. Ein kurzer Blick von Aditi zu Kieran genügte, dass Bamita ihn hoch zu den Mädchen schickte.

„Mein Vater liegt im Krankenhaus", begann Aditi, kaum dass Kieran den Hof verlassen hatte.

„Und ich muss dort hin, so schnell es geht. Bamita, ich tue das nicht gern, aber allein kann ich mir den teuren Flug nicht leisten. Und ich weiß nicht, wen ich sonst fragen kann."

„Du brauchst dir keine Gedanken machen. Wir geben dir das Geld für den Flug, damit du mit deiner Kleinen zu deinem Vater reisen kannst", erklärte Bamita bestimmt.

Erleichtert atmete Aditi auf. „Ich zahle es euch aber alles zurück! Jede einzelne Rupie!"

„Ja, ja ist schon gut. Das klären wir, wenn du wieder da bist. Mach dir darüber jetzt keine Gedanken."

„Wo willst du hinfahren?" Kieran war zurück und hatte ihre letzten Worte mitbekommen.

„Ich muss in die Schweiz, zu meinem Vater."

„Bist du wegen ihm traurig?"

Aditi nickte. „Ja, denn er ist sehr krank und ich möchte ihn gern sehen."

„Aber, warum fahren wir nicht alle gemeinsam, damit Aditi nicht allein ist und Angst hat?"

Bamita überlegte kurz, überrascht, dass dieser Vorschlag von Kieran kam. „Ja, das wäre eine schöne Idee und wir können uns um deine Tochter kümmern, während du bei deinem Vater im Krankenhaus bist."

Damit stand für Bamita fest, dass die ganze Familie Sharma mit Aditi und der kleinen Nishay in die Schweiz reisen würde. „Ich muss das noch mit allen bereden, aber ich denke, das ist kein Problem." Sie strich Kieran über den Kopf und wuschelte ihm seine Haare durch. „Das war eine gute Idee, mein Junge!"

„Danke, Großmutter."

„Du bleibst bitte zum Essen, dann können wir als Familie am Abend gleich darüber sprechen und abstimmen."

„Ja, ich bleibe", bestätigte Aditi. Es wäre ihr undankbar vorgekommen, wäre sie jetzt so schnell wieder verschwunden, wie sie es sich wünschte. Zumal sie einen schönen und unbeschwerten Abend gut gebrauchen konnte.

Aditi half Bamita bei den Vorbereitungen für das Abendessen und die Zeit verging rasend schnell.

Niemanden schien es zu wundern, dass Aditi im Haus war, als sich nach und nach die Familie in der Küche versammelte.

Als alle am Tisch Platz genommen hatten, sogar Rahul, der seit Langem einmal pünktlich war, platzte es aus Kieran raus. „Wir fahren in die Schweiz! Wir alle!", rief er über den gesamten Esstisch.

„Weißt du überhaupt, wo die Schweiz liegt und wie es dort ausschaut?", fragte Sunika.

„Das ist doch nicht wichtig. Wir fahren zu Aditis Vater und das ist doch schön."

Alle schauten zu Bamita und Aditi, dann fragte Rahul.

„Wann wollt ihr denn fahren? Damit ich Bescheid weiß, ab wann ich mir mein Essen selbst machen muss. Vor allem, wie lange werdet ihr weg sein?"

„Wer hat was davon gesagt, dass wir allein fahren? Wir fahren als Familie Alle! Auch du, Rahul!"

„Aber, Mutter, ich kann nicht einfach so der Universität fernbleiben, das geht nicht."

„Doch, das muss in diesem Fall so sein. Ich bitte dich, sag deinem Chef gleich Bescheid. Das ist ein Notfall."

„Ein Notfall? Was ist denn in der Schweiz passiert?" Rahul schaute Aditi an und merkte, dass sich ihre Augen mit Tränen füllten.

„Bitte, Aditi, weine nicht. Wir fahren alle, ich gehe gleich telefonieren." Rahul stand auf und ging zum Telefon im anderen Zimmer. Sie hörten gespannt durch die Tür das Gespräch mit, aber bekamen nur Bruchstücke zu hören und kurz darauf ging die Tür auf. „So", seufzte er, „es ist alles geklärt. Jetzt können wir essen und ich möchte nichts hören, bis wir fertig sind."

Alle nickten, ohne einen Ton rauszubringen, und aßen gemeinsam zu Abend. Als sie fertig waren, stand Rahul auf und ging in den Hof. Kieran tat es ihm gleich. Die Frauen und Mädchen räumten noch auf und bereiteten die Küche für den nächsten Morgen vor.

Dann gingen auch sie in den Hof und Jodha fragte ihren Onkel mit bestimmender Stimme. „Onkel, was ist denn jetzt? Fahren wir morgen alle oder fahren wir nicht?"

„Wir fahren nicht!" Er machte eine lange Pause und alle schauten sich an.

Aditi war schon auf dem Weg zur Tür. „Wo willst du hin, Aditi? Ich bin noch nicht fertig", sagte Rahul. „Denn bis in die Schweiz zu fahren, wäre eine ewige Reise. Bis dahin hätte ich wahrscheinlich wegen euch keine Haare mehr auf dem Kopf", fing er an zu lachen. „Habt ihr denn schon Tickets für den Flug gebucht?"

„Nein", antwortete Aditi. „Ich habe nur für mich und Nishay welche reserviert."

„Dann werde ich mich sofort drum kümmern", verkündete Rahul als er aufstand und damit das Zusammentreffen aufhob.

9. Das Herz ihres Vaters

Der Flug war lang und wollte kein Ende nehmen. Aditi konnte die Landung in Bern kaum erwarten. Viel zu sehr zog es sie zu ihrem Vater. Doch Rahul überzeugte sie davon, dass sie sich erst mal ausruhen sollte, bevor sie die Strapazen im Hospital auf sich nahm. Sie war nicht begeistert davon, aber Rahuls Argumente waren logisch und nicht von der Hand zu weisen. Sie fühlte sich ausgelaugt, das stimmte. Die Gedanken an ihren Vater lähmten sie und der Flug war ermüdend, also ließ sie sich darauf ein, erst mal ins Haus ihres Vaters zu fahren.

Als sie in Bern landeten, gab es für Aditi erst mal eine Überraschung. Sahra wartete dort auf sie und überglücklich fielen die beiden Freundinnen sich in die Arme. Trotz der Sorge um ihren Vater bedeutete es Aditi viel, dass Sahra hier am Flughafen war.

„Wie ... warum bist du denn hier?"

„Estell hat uns hergeschickt, um euch zum Haus zu bringen", erklärte Sahra lächelnd. Aditi musterte sie und streckte ihre Hand aus, um über ihren runden Babybauch zu streicheln.

„Bald hast du es geschafft, hm?"

„Ich kann es kaum noch erwarten", lachte Sahra und lehnte sich an ihren Mann.

Auch Aditi begrüßte Sebastians alten WG-Mitbewohner Tobi. Es war schön, ihn wiederzusehen, auch wenn dadurch alte Wunden wieder aufgerissen wurden.

Nachdem auch Familie Sharma begrüßt wurde, verteilte die Familie sich auf die zwei Autos von Sahra und Tobi, um zum Haus von Aditis Vater zu fahren.

Estell erwartete sie schon mit einem leckeren Essen, zu welchem auch Tobi und Sahra noch blieben. Es war schön, wieder daheim zu sein, nur der Grund, warum sie hier war, gefiel Aditi überhaupt nicht.

„Sag, wie sollen wir dich nun eigentlich nennen?" fragte Sahra, als sie alle am Esstisch Platz genommen hatten.

„Das ist mir egal. Nennt mich, wie ihr wollt."

„Sehr schön", lächelte Sahra. „Dann bleibst du meine Adele."

Estell stieß ein erleichtertes Seufzen aus, froh darüber, dass sie ihre Adele zurückhatte und sich nicht an ihren neuen Namen gewöhnen musste. „Nun, wo das geklärt ist, können wir endlich essen", verkündete sie und begann, die leckersten Sachen aufzutischen. Das ganze Essen bestand aus Adeles Lieblingsspeisen.

Das Essen war laut und großartig, es lenkte sie für einige Zeit von den Problemen ab, wegen derer sie hier war. Und das tat ihr gut.

Nach dem Essen verteilte Estell die Familie Sharma auf die Zimmer des Hauses und Adele schlich für sich allein durch die Zimmer. Es gab hier so viele Erinnerungen, die ihr gleichzeitig angenehmer Schauer über den Rücken jagten und sie zu Tränen rührten. Als sie es nicht mehr aushielt, sich der Vergangenheit mit ihrem Vater und Sebastian – denn auch er war hier auf Fotos vertreten – zu stellen, schlich sie wieder die Treppe runter.

„Magst du nicht auch ein wenig schlafen, Adele?", fragte Estell, die am Fenster stand, mit dem Rücken zur Tür.

„Obwohl du aus dem Fenster in den Garten schaust, weißt du, dass ich es bin?"

„Natürlich. Deine Schritte kann ich nicht vergessen. Du bist für mich wie mein eigenes Kind. Ich habe dich mit großgezogen, da muss ich dich doch erkennen. Möchtest du was essen?"

„Nein, ich möchte einfach nur zuhause sein und genießen, dass ich hier bin." Sie blieb mit ihrem Blick an einem Bild hängen, welches an der Wand der Küche hin und Adele mit ihrem Vater zeigte. Langsam hob sie die Hand und strich vorsichtig mit ihren Fingern darüber.

„Er wollte euch dieses Jahr besuchen", erklärte Estell. „Wenn es warm ist, aber nicht zu heiß. Dann wollten wir euch etwas sagen, aber leider…" Estell stockte.

Aditi drehte sich zu ihr herum und sah sie fragend an. „Was wolltet ihr uns sagen?"

„Na ja, dein Vater und ich wir haben …"

„Nun sag schon, er kann es mir nicht sagen, also rede", verlangte Adele ungeduldig.

„Dein Vater und ich haben uns auf dem Standesamt zusammenschreiben lassen und sind jetzt verheiratet." Sie ließ sich auf den Stuhl sinken und sah Adele von unten her an, als erwartete sie unheilvolles Urteil.

Doch Adele lief zu ihr und umarmte Estell. Sie drückte sie fest an sich. „Endlich", seufzte sie. Estell löste sich von Adele und schaute sie an.

„Mehr hast du dazu nicht zu sagen?"

„Nein, mehr nicht. Ich habe immer gewusst, dass du meinen Vater liebst. Du bist für mich meine Mom, hast mich aufgezogen, mir alles beigebracht, warst immer für mich da. Was könnte ich mir Besseres wünschen, als dich an der Seite meines Vaters."

Beide Frauen lächelten sich an, im Bewusstsein, dass sie nun wirklich und offiziell eine Familie waren.

Nach einer Nacht mit wenig Schlaf und einem spärlichen Frühstück, brachen Adele und Estell auf, um ins Spital zu waren. Nishay blieb bei Familie Sharma, welche sich die Stadt anschauen wollte. Adele wollte sie nicht ins Krankenhaus mitnehmen, wenn es nicht unbedingt sein musste.

Am Spital angekommen stand Aditi vor der Drehtür. Sie hatte seit dem Unfall und den Tod von Sebastian nur noch zwei Mal ein Krankenhaus von innen gesehen. Als Nishay so krank war und sie Hilfe brauchte, und vor kurzem, als auch Rahul darin lag.

Sie nahm allen Mut zusammen und ging hinein. Es war beklemmend, ihr Herz fing an, laut zu pochen, und Schweißperlen setzten sich auf ihrer Stirn ab. Immerhin wieder fuhr sie mit ihren kalten und feuchten Fingern über ihren Sari. An der Info fragte sie nach ihrem Vater. Sie versuchte sich, ihre Angst und ihre Nervosität

nicht anmerken zu lassen. Die Frau im Schwesternzimmer schickte sie auf Station 7, der Kar-
diologie.

Lange brauchte sie nicht, um besagte Station
zu erreichen. Oder vielleicht fühlte es sich für
Aditi auch nur so an, als würde es schnell gegangen sein, wie immer, wenn einem etwas Unangenehmes bevorstand.

Nicht, dass sie sich nicht darauf freute, ihren
Vater zu sehen, doch was sie hier erfahren
würde, über seinen Gesundheitszustand- also
das bisher noch Ungewisse – lähmte sie auf einer Art.

Nachdem sie sich den Weg zu ihrem Vater
erfragt hatte, machte sie kopflos auf dem Ab-
satz kehrt und ließ den Pfleger stehen.

„Moment! Sie können nicht einfach hinein,
dafür brauchen sie spezielle Kleidung."

Adele stoppte abrupt und drehte sich wieder
zu ihm um.

„Die Krankenschwester gibt Ihnen eine Ein-
weisung, was Sie anziehen müssen und wie Sie
Ihre Hände richtig desinfizieren, bevor Sie zu
Ihrem Angehörigen gehen können. Sie zeigt
Ihnen auch, wo Sie die Kleidung und den
Mundschutz finden und wo Sie alles nach dem

Besuch entsorgen müssen. Ich informiere den Doktor, dass Sie hier sind."

Aditi machte sich gleich auf den Weg zum Zimmer ihres Vaters, um auf die Krankenschwester zu warten. Nach Anweisung zog sie sich die vorgeschriebene Kleidung an und desinfizierte ihre Hände. Dann klopfte sie an und ging, ohne auf eine Antwort zu warten, hinein.

Behutsam und vorsichtig öffnete sie die Tür, die Angst in ihr wurde immer größer, je weiter sie die Tür aufschob.

Ihre Augen füllten sich mit Tränen, als sie ihren Vater an diesen ganzen Maschinen liegen sah, eine piepte lauter als die andere. Die Geräusche waren für sie unerträglich.

An der Wand neben dem Fenster stand ein Stuhl, den sie sich holte, um sich neben das Bett ihres Vaters zu setzen. Sie beugte sich zu ihm und hauchte mit leiser schluchzender Stimme. „Hallo, Papa, ich bin da. Deine kleine Adele ist zurück. Hörst du mich, Papa?"

Sie wusste, dass er sie nicht hören konnte, aber das war ihr egal. Er sollte sie einfach nur spüren. Gerade als sie seine Hand nahm und festhielt, erklang eine tiefe männliche Stimme hinter ihr.

„Guten Tag. Wer sind Sie?"

Adele schaute auf und sah einen Arzt und mehrere Schwestern. „Guten Tag, mein Name ist Adele Winzer. Verzeihung", schob sie hinterher, als ihr Irrtum ihr auffiel. „Adele Behrens, ich bin die Tochter von Hubert Winzer."

„Ach so, dann entschuldigen Sie bitte, wir wussten nicht, dass Sie da sind. Ihre Mutter sagte, dass Sie im Ausland sind und es wohl nicht schaffen, alsbald hier zu sein."

„Alles gut, keine Sorge, jetzt bin ich ja da." Sie widersprach nicht einmal, dass Estell ja nicht ihre Mutter sei, das war einfach nicht wichtig, so etwas Belangloses klarstellen zu müssen. „Sagen Sie, was ist mit meinem Vater? Wie geht es ihm und was unternehmen sie, damit es ihm bald wieder besser geht?"

Der Arzt versprach ihr, nach seiner Visite alles genau zu erklären, und bat Aditi für ein paar Minuten auf dem Flur zu warten.

Aditi verließ das Zimmer, ohne ein weiteres Wort zu sagen. Sie ließ ihren Vater ungern zurück, nun, wo sie ihn gerade zum ersten Mal seit Langem wiedergesehen hatte.

Es dauerte gefühlte zwei Stunden in denen sie den Flur auf und ab ging und ihre Gedanken bei ihrem Vater waren. Gerade hatte sie ihren Rücken zum Zimmer ihres Vaters gedreht, da kam der Arzt aus der Tür und bat sie wieder hinein.

„So, jetzt kann ich Ihnen Ihre Fragen beantworten. Erst einmal möchte ich mich vorstellen. Mein Name ist Dr. Steiner, ich bin hier der Chefarzt." Aditi nickte. „Ihrem Vater geht es den Umständen entsprechend gut. Die Erkrankung, die Ihr Vater erlitten hat, nennt sich Herzinsuffizienz. Darunter versteht man eine eingeschränkte körperliche Belastbarkeit. Diese wurde aufgrund einer nachweisbaren Funktionsstörung des Herzens hervorgerufen. Das heißt, das Herz Ihres Vaters arbeitet nicht so gut, wie es sollte und dadurch kann er nur eingeschränkt Tätigkeiten ausführen. Bei Ihrem Vater ist es so schlimm, dass er nicht einmal mehr Treppen steigen kann."

Aditi hörte dem Arzt genau zu, doch je mehr er redete, umso mehr merkte sie, dass ihr diese ganze Informationsflut zu viel wurde. Ihre Sorge um ihren Vater wuchs, anstatt dass der Arzt sie ihr nehmen konnte.

„Was können Sie für meinen Vater tun?", fragte sie mit belegter Stimme.

„Ihr Vater braucht ein neues Herz. Und das so schnell wie möglich. Umso länger es dauert, umso schlechter ist es für ihn."

Aditi ließ sich auf den nächstbesten Stuhl sinken. Sie fühlte sich schwach und hilflos, denn sie konnte überhaupt nichts tun, dass es ihren Vater besser ging.

„Aber, woher kommt die Erkrankung? Was ist die Ursache?"

„Da gibt es verschiedene Ursachen. Eine ist eine verschleppte Grippe, die sich auf den Herzmuskel gelegt hat und ihn schädigte. Es kann aber auch sein, dass es genetisch bedingt ist und in Ihrer Familie vererbt wurde. Es gibt viele Ursachen, welche dazu geführt haben können. Wir können es nur rausfinden, wenn ihr Vater wach ist und wir ihn befragen können. Da er aber im Koma liegt, ist es uns nicht möglich."

„Koma?", echote sie und starrte den Arzt entsetzt an.

„Ja wir mussten ihn in ein künstliches Koma legen, weil er sich immer wieder aufregte und der Blutdruck gestiegen ist und nicht wieder runterging, was wiederum dem Herzen geschadet hat."

„Wann lassen Sie ihn wieder wach werden?"

„Das entscheidet sich danach, wie die Werte ihres Vaters sich verhalten. In einer, vielleicht auch zwei Wochen. Bitte verzeihen Sie mir, dass ich keine genaue Aussage treffen kann."

Aditi überlegt kurz, was sie jetzt machen sollte.

„Gut", sagte sie schließlich, „wenn Sie sagen, dass Sie ihn in eine bis zwei Wochen aufwecken, dann bleibe ich solange."

„In Ordnung. Falls Sie Fragen haben, zögern Sie nicht, mich anzusprechen. Ich werde alles tun, um Ihnen behilflich zu sein."

Aditi bedankte sich und der Arzt ließ sie mit ihrem Vater allein. Sie drehte sich zu ihm um. „Ich bleibe noch etwas bei dir und erzähle dir was deine Enkelin alles so für Unsinn anstellt", lächelte sie.

Nishay war ein großartiges Kind, aber sie hatte es auch faustdick hinter den Ohren. „Wie sie alle auf Trab hält. Wir haben jetzt einen Kindergarten und Nishay hat ständig Ärger mit den anderen Kindern, weil sie ihren Kopf immer durchsetzen möchte. Sie will immer das letzte Wort haben und wenn sie dann nicht bekommt, was sie möchte, dann fängt sie an zu weinen und kann richtig toben. Danach schaut sie mit einem Unschuldsblick, sodass man ihr nicht böse sein kann."

Adele griff nach seiner Hand, um mit ihren Fingern sanft darüber zu streichen. „Ich glaube, du könntest das auch nicht. Mir konntest du auch nie böse sein."

Adele schwieg kurz, als sie in Gedanken an ihre Kindheit versank. Es war eine glückliche, auch wenn sie ihre richtige Mutter nie kennengelernt hatte.

„Weißt du, die Sharmas sind auch mit hier und machen gleich noch Ferien. Sie lenken die Kleine ein wenig ab. Ich glaube, sie würde ihren Großvater gern kennenlernen." Adele schluckte die aufsteigenden Tränen runter und atmete einige Male tief durch. Wieder schwieg sie einen Augenblick, ehe sie die Hand ihres Vaters leicht drückte. „Du und Estell also, hm? Ich freue mich so für euch. Es ist großartig, dass sie endlich offiziell zur Familie gehört."

Die Tür ging auf und unterbrach Adeles Zwiegespräch mit ihrem Vater.

„Entschuldigung, die Besuchszeit ist vorbei. Ihr Vater brauch jetzt etwas Ruhe."

Adele versprach der Schwester, gleich zu gehen. Sie wollte ihn noch nicht verlassen, doch war ihr klar, dass sie keine andere Wahl hatte.

„Du hast es gehört, ich muss jetzt gehen. Aber ich bin nicht lange weg, versprochen." Sie gab ihm einen zaghaften Kuss auf die Stirn und machte sich auf den Weg nach Hause, wo man schon sehnsüchtig auf sie wartete.

Sie berichtete Estell, was sie mit dem Arzt besprochen hatte. Beide hofften, dass sie bis dahin ein passendes Spenderherz finden würden, auch wenn sie sich darüber im Klaren waren, dass es sein könnte, dass dem nicht so war. Was das bedeutete, war ihnen ebenfalls klar.

Doch versuchten sie positiv zu denken und die Hoffnung nicht zu verlieren.

„Onkel Rahul, können wir morgen in die Berge fahren und uns den Schnee anschauen?", unterbrach Sunika die bedrückte Stimmung.

„Aber ja, das machen wir. Das wird uns etwas ablenken und Adele kann uns zeigen, wie man Ski fährt", grinste er.

Adele schaute ihn mit einem Blick an, der ihm hätte die Angst in den Nacken steigen lassen sollen, da er von Sebastian wusste, dass sie zwei linke Beine hatte wie andere zwei linke Hände und sie nicht Ski fahren konnte.

Aber das ließ ihn kalt. So kalt, dass Anjalie ihm mit dem Ellenbogen in die Seite stieß.

„Du bist unmöglich! Warum kannst du nicht mit deinen Sticheleien aufhören."

„Warum, es bekommt doch jeder von euch etwas ab und nicht nur Adele."

„Anjalie, ist schon gut. Es kann nicht jeder alles können. Und ich bleibe ohnehin lieber in der Nähe meines Vaters."

Damit beendete sie jegliche Diskussion für den Moment. Ihretwegen konnten die Sharmas gern in den Schnee fahren, doch sie würde Bern nicht verlassen.

„Adele, weißt du, was mir eben eingefallen ist?", fragte Rahul, der nach dem Abendessen und einem Glas Wein mit der Familie, nun zusammen mit Adele im Wohnzimmer saß. Die anderen hatten sich bereits zurückgezogen.

„Was denn? Wieder eine kleine Gemeinheit, mit der du mich ärgern willst?"

„Nein, jetzt mal im Ernst. Du hast doch erzählt, dass du entführt wurdest und der Mann irgendetwas von irgendwelchen Büchern gesagt hat."

Adele nickte. „Aber ich habe nicht wirklich viel mitbekommen. Es waren nur Bruchstücke von dem Gespräch."

„Das macht nichts. Weißt du, ich arbeite an einem neuen Buch, welches von einigen Leuten gekauft werden wollte." Er nippte an seinem Glas und sprach davon, dass es Schwierigkeiten gab bezüglich der Liquidität. Adele hörte aufmerksam zu und ihr fielen wieder einige Details ein, als sie das Essen von dem Mann in ihrer Gefangenschaft bekam.

Sie hatte das Gefühl, dass ihre Bewacher mit Absicht die Tür offengelassen hatten.

War es, um damit an Rahul heranzukommen? „Ach, das glaube ich nicht", sagte sie und schüttelte den Kopf, wie um einen bösen Gedanken loszuwerden.

„Wieso nicht? Es wäre doch nicht so abwegig. Du wärst perfekt, um sie zu mir zu führen."

„Aber hätten sie dann nicht sofort zugeschlagen, als ich am Hotel angekommen bin? Du warst immerhin auch da."

„Hmm … ", machte Rahul nachdenklich. „Aber dort waren zu viele Leute. Sie hätten nicht eingreifen können."

Adele schwieg einen Moment, während sie sich den Ansatz durch den Kopf gehen ließ. Doch schließlich seufzte sie. „Ich weiß nicht. Möglich, aber vielleicht ist uns einfach der Wein zu Kopf gestiegen. Wir sollten lieber ins Bett gehen, bevor wir noch mehr Unheil herbeireden. Gute Nacht, Rahul."

Rahul verabschiedete sich von Adele und wünschte ihr ebenfalls eine gute Nacht. Einen

Moment sah er ihr noch hinterher, wie sie den Raum verließ. Dann leerte auch er sein Weinglas, löschte das Licht und folgte Adele nach oben.

Während Adele jedoch vor Erschöpfung gleich in den Schlaf glitt, grübelte Rahul noch über ihr Gespräch. Das war nicht so gelaufen, wie er es beabsichtigt hatte. Vielleicht war er zu schnell zu weit vorgeprescht mit seinen Gedanken. Er würde es noch mal ansprechen müssen. Es war wichtig, dass Adele ihm seine Theorie glaubte.

Der nächste Morgen begann für Adele mit dem ersten Sonnenstrahl, der sie, wie in ihrer Kindheit, an der Nase kitzelte. Ihre Tochter lag neben ihr und kuschelte sich an sie. Langsam schob sie sich aus dem Bett, zog sich an und ging nach unten, wo sie schon von den Frauen erwartet wurde.

„Guten Morgen, ihr seid ja schon wach?"

„Oh ja, und das sogar schon seit sechs Uhr." Anjalie lächelte. „Es kann immerhin nicht jeder so lange schlafen, wie ihr."

„Ich habe nicht lang geschlafen, sondern bin nur später ins Bett als ihr, da ich mich mit Rahul unterhalten habe."

Sie winkte ab, ging an den Kühlschrank und holte sich eine Flasche Milch heraus, um eine Tasse damit zu befüllen. Gerade als sie zum Trinken ansetzte, wurde sie von hinten angestupst.

„Was hast du denn mit Onkel Rahul so spät noch besprochen?"

Adele drehte sich herum und schaute Jodha an, die sie neugierig musterte.

„Ach, wir haben überlegt, an wen wir dich verheiraten können. Da du so frech bist, muss es offensichtlich jemand sein, der dich im Zaum hält."

Jodha blieb die Luft weg. Sie schaute erstarrt zu ihrer Mutter.

„Was schaust du mich so an? Das hast du dir selbst eingebrockt, also musst du auch schauen, dass du die Konsequenzen trägst."

Jodhas Augen füllten sich mit Tränen und Bamita schaltete sich ein, da sie es nicht ertragen konnte, dass ihre Enkelin anfing, zu weinen.

„Mädchen, jetzt hört auf mit dem Quatsch und lasst Jodha in Ruhe. Irgendwann wird sie heiraten, aber nicht hier und heute, dafür ist noch etwas Zeit."

Alle fingen an zu lachen, nur Jodha nicht. Ihr war nicht nach Lachen zumute.

„Ihr seid so gemein!", wütete sie und verließ die Küche, begleitet von einem lauten Schluchzen.

Rahul lief beinahe in sie rein, als er in dem Moment um die Ecke kam, als Jodha wütend die Küche verließ.

„Warte … ", versuchte er noch seine Nichte aufzuhalten, um herauszufinden, was mit ihr geschehen war. Doch Jodha würdigte ihn keines Blickes.

„Okay", murmelte er und setzte seinen Weg fort. Jetzt musste er erst mal herausfinden, was die Ursache für den wütenden Abgang seiner Nichte war.

In der Küche angekommen fragte er gleich, was losgewesen sei und Anjalie erzählte ihm die Geschichte. Rahul lachte und drehte sich zu seiner Mutter. „Warum sind Frauen so?"

„Das war doch nur ein kleiner Spaß. Es tut ihr mal ganz gut, dass sie merkt, dass es wehtut, wenn man Menschen mit Worten verletzt. Oder dass Neugier zwar keine Schande ist, aber man auch wissen muss, wann man es besser gut sein lässt."

„Und wo ist sie jetzt hingelaufen?"

Alle zuckten mit den Schultern und beschlossen, Jodha erst mal ihre Ruhe zu lassen, ehe Anjalie sich auf die Suche nach ihr begab, um mit ihrer Tochter zu reden.

Adele und Sahra fielen sich in die Arme, als sie sich wiedersahen. Da Familie Sharma zusammen mit Estell in die Berge aufgebrochen war und Adele ins Spital wollte, ihre Tochter aber nicht mitnehmen konnte, sprang ihre Freundin kurzfristig ein. Adele bedankte sich schon mindestens zum zehnten Mal bei ihr. Doch wie die neun Male vorher, ignorierte Sahra den Dank.

„Sag, Adele, kann deine Tochter mich verstehen?"

„Ja, klar, ich spreche mit ihr deutsch und Hindi, also mach dir keine Sorgen."

„Gut, wir werden bestimmt viel Spaß zusammen haben."

Adele verabschiedete sich von ihrer Tochter und Sahra. Dann machte sie sich auf den Weg. Es dauerte nicht lange mit dem Taxi und sie hatte das Spital erreicht.

Auf der Station warteten die Ärzte im Schwesternzimmer schon auf sie. Sie begrüßte sie angespannt. Und nachdem ihr ein Platz angeboten wurde, setzte sie sich. Die verkrampften Finger schob sie sich zwischen die Oberschenkel, während sie die Ärzte nacheinander anschaute.

„Da das Herz ihres Vaters nur noch eine Leistung von 50 Prozent erreicht", begann Dr. Kramer, wie Adele seinem Namensschild entnehmen konnte, „haben wir beschlossen, ihn an der Herz-Lungen-Maschine anzuschließen, die für einen gewissen Zeitraum die Funktion des Herzens übernehmen wird.

Zusätzlich wird sein Blut mit Sauerstoff angereichert, sodass der Körper nicht noch mehr geschwächt wird. Das einzige Problem ist, das wir den Brustkorb nicht verschließen können."

Adele starte die ganze Zeit nur auf die Tafel, an der ihr Vater als Fall Nummer 15 angezeichnet war, unfähig auf die Worte des Arztes zu reagieren. Sie war sich nicht sicher, ob sie überhaupt jedes Wort, was er sagte, mitbekommen hatte.

„Frau Behrens, haben Sie verstanden, was ich Ihnen erklärt habe?"

„Ich … denke schon. Wann bekommt er ein neues Herz?" Sie wollte nicht, dass er in Versuchung kam, sie zu bitten, es wiederzugeben, denn das hätte sie nicht gekonnt. Sie wusste, dass ihr Vater leben würde, dank einer Maschine. Das reichte ihr für den Moment.

„Ihr Vater steht oben auf der Transplantationsliste bei Eurotransplant und sobald ein geeignetes Herz gefunden ist, bekommt er es. Leider muss es in Größe und Gewicht zu dem Ihres Vaters passen."

„Und wie lange kann mein Vater an den Maschinen bleiben, bis sein Herz nicht mehr funktioniert, weil es abgestorben ist?"

„Wir haben eine neue Methode entwickelt, sodass Blut über die Maschine und über das Herz ihres Vaters fließt. Dadurch vermeiden wir das Absterben des Herzens. Das können wir einige Zeit durchführen."

Adele war auf der einen Seite beruhigt, weil es etwas Zeit für ihren Vater gab. Andererseits war sie nun beunruhigt, ob sich so schnell ein Herz finden ließe.

Es machte ihr Angst, dass dafür ein anderer Mensch sein Leben lassen musste, damit sie ihren Vater noch länger bei sich hatte. Aber in diesem Moment konnte sie nicht anders, als egoistisch sein und sich zu wünschen, dass man ihrem Vater schnell dieses neue Herz transplantieren konnte.

Die Besprechung wurde beendet und Adele blieb noch eine Weile im Spital. Sie ging zu ihrem Vater, konnte sie doch nicht hier sein und ihn nicht sehen. Obwohl die Ärzte ihr versichert hatten, dass er stabil war und das künstliche Koma ihm guttat, machte sein Anblick ihr auch heute noch Angst, weshalb sie beinahe fluchtartig das Krankenzimmer verließ.

„Adele?" Ihr Name ließ sie innehalten, sich jedoch nicht umdrehen. Gerade wollte sie nur weit weg sein.

„Adele, was ist los? Gibt es schlechte Nachrichten? Was hast du?"

Die Stimme, die zu ihr sprach, war so vertraut. Und dennoch brachte sie es nicht über sich, sich umzudrehen. Erst als sich zwei Hände auf ihre Schultern legten, hob sie den Kopf. Rahuls Hände strichen von ihren Schultern bis hin zu ihren Armen, die er sanft drückte, ehe er sie langsam zu sich herumdrehte.

„Was machst du denn hier?", flüsterte sie. Ihre Augen füllten sich mit Tränen, obwohl sie es nicht zulassen wollte, fing sie an, zu weinen.

„Ich kann dich doch nicht allein lassen, wenn ich das Gefühl habe, dass du mich brauchst."

„Danke", flüsterte sie, unfähig ihre Stimme zu erheben. Sie brauchte ihn. In diesem Moment wurde ihr das mit aller Macht bewusst. Von all den Menschen, die sie kannte, war er die einzige Person, die sie jetzt hier haben wollte.

„Ich werde nicht fortgehen, solange du mich bei dir haben willst", flüsterte er ebenfalls.

Adele nickte unter Tränen, doch sie hatte verstanden.

„Wollen wir noch zu deinem Vater gehen?", fragte er vorsichtig an. Adele nickte. Sie gingen zum Zimmer ihres Vaters. Als sie dort ankamen, ging gerade die Tür auf und Dr. Kramer kam heraus.

„Frau Behrens, haben Sie sich entschieden? Können wir Ihren Vater jetzt operieren?"

Adele schaute Rahul fragend an. „Was soll ich tun, Rahul?"

„Ich kann dir das nicht sagen, Adele. Aber … gibt es eine andere Wahl?"

Adele schüttelte den Kopf und drehte sich anschließend zu Doktor Kramer um. „Tun Sie es."

Zufrieden nickte der Arzt und verabschiedete sich, während Adele und Rahul sich auf den Weg nach Hause machten.

10. Der Abschied

Einen Monat war Adele nun in der Schweiz. Familie Sharma war wieder nach Indien zurückgekehrt und Rahul hatte sich an der Universität Urlaub genommen, damit er schnell wieder zu Adele nach Bern reisen konnte.

Der einzige Lichtblick, der ein Stück Freude in Adeles Herz zurückbrachte, war die Geburt von Sahras Kind. Sie besuchte ihre Freundin oft, gab ihr Ratschläge und verbrachte einfach Zeit mit ihr.

Zusätzlich zu den Besuchen bei ihrem Vater, war Adele somit gut beschäftigt. Und sie fand Ablenkung, zumindest ein kleines Bisschen.

An der Situation ihres Vaters gab es nichts Neues. Sie warteten jeden Tag auf den erlösenden Anruf, dass ein Herz gefunden wurde. Jedes Mal, wenn das Telefon klingelte, zuckte Adele zusammen, in einer Mischung aus Hoffnung – dass ein Spenderherz da wäre – und der Angst – dass ihr Vater es nicht geschafft hatte.

Auch gerade eilte sie mit diesen beiden Empfindungen zum Telefon, welches auf halben Weg in die Küche jedoch verstummte. Von einem Fuß auf den anderen tretend, stand sie neben Estell, die den Hörer ans Ohr hielt. In ihrem

Gesicht konnte Adele die gleichen Gefühle sehen, die sie selbst empfand.

Eine Weile schwieg Estell und Adele hätte ihr am liebsten den Hörer aus der Hand gerissen.

„Ja, wir machen uns sofort auf den Weg", informierte Estell ihren Gesprächspartner und legte auf.

„Was ist los? Ist etwas mit Vater?"

„Adele, sie haben ein Herz für deinen Vater und wir sollen sofort kommen wegen der Formalitäten und… ach ich habe nicht alles verstanden."

„Ich habe ein Taxi gerufen", verkündete Rahul, der soeben sein Handy vom Ohr zog, „es müsste gleich da sein."

Zehn Minuten später klingelte es an der Tür. Rahul nahm den Hörer der Sprechanlage in die Hand.

„Sie haben ein Taxi bestellt?", erklang eine Stimme.

„Ja, wir kommen!" Er legte den Hörer auf. „Lasst uns los!"

Estell und Adele schnappten sich ihre Jacken und Taschen und waren schon fast aus der Tür heraus, als Adele innehielt.

„Ich bleibe hier", versprach Rahul, „fahrt ihr ins Spital."

Estell drückte ihm die Schlüssel vom Haus in die Hand und bedankte sich. Dann waren die beiden schon im Taxi und unterwegs. Noch nie war Adele der Weg ins Spital so quälend lang vorgekommen. Es war, als nähmen sie jede rote Ampel mit, als würden die Autos heute extra langsam fahren.

Selbst Fußgänger und Radfahrer schienen sich gegen sie verbündet zu haben.

Estell hielt die ganze Zeit ihre Hand, um sie zu beruhigen. Doch sie selbst zitterte ebenfalls vor Aufregung.

Am Krankenhaus gaben sie dem Fahrer viel zu viel Trinkgeld, doch das war momentan das Letzte, was sie interessierte. Estell stürmte mit so schnellen Schritten in das Gebäude, wie es Adele ihr niemals zugetraut hätte.

Sie wurden sofort weitergeschickt. Als sie Dr. Kramer erreichten, ging alles sehr schnell. Er drückte den beiden Frauen einen Stift in die Hand und eine Unmenge an Unterlagen.

„Lesen Sie sich alles durch und unterschreiben Sie die Papiere.

Ihr Vater ist schon auf dem Weg in den Operationssaal, aber wir können erst anfangen, wenn Sie unterschrieben haben."

Adele und Estell lasen sich die Unterlagen nicht durch, sondern blätterten gleich bis zur letzten Seite. Adele wollte nur schnell unterschreiben und Estell sollte das Gleiche tun.

„Und das Herz ist wirklich passend für meinen Vater", fragte Adele den Doktor, während sie ihre Unterschrift unter das Formular setzte.

Dr. Kramer erklärte ihr, dass es laut der Untersuchungen passen würde, aber eine genauere Aussage könnte man erst im OP geben, wenn der Herzspezialist das Herz gesehen hatte. Es war ein Risiko, aber sie hatten keine Wahl. Das war Adele auch vorher schon klar. Ihr Vater war schwer krank. Ohne Operation konnte er sterben, mit dieser Operation ebenfalls.

„Hoffen wir das beste", flüsterte sie, mehr zu sich selbst.

Nachdem Estell ebenfalls unterschrieben hatte, überreichten sie die Unterlagen an den Arzt. Dr. Kramer verließ sie, um in den OP zu gehen, während Adele und Estell im Wartebereich Platz nahmen.

Sie saßen kaum, als die Tür aufging und Rahul hereinplatzte. „Was machst du denn hier. Wo ist Nishay?"

„Alles gut! Die Kleine ist bei Sahra. Vielmehr Sahra ist bei uns. Sie wollte dich besuchen und da habe ich ihr erzählt, dass es losgeht und du schnell ins Spital musstest und dass ich gern bei dir wäre. Da schickte sie mich los und hier bin ich."

„Ich bin froh, dass sie zu mir wollte, dadurch habe ich dich an meiner Seite", lächelte Adele. „Danke."

Es war eine lange Zeit des Wartens. Die Operation dauerte schon mehrere Stunden und Adele beschlich ein Zeichen des Unwohlseins. Sie lief im Wartebereich auf und ab. Rahul versuchte, immer wieder sie zu beruhigen, was ihm mehr oder weniger gelang.

„Warum dauert das denn nur so lange? Warum kommt denn keiner und sagt mal irgendwas? Wie soll ich da ruhig bleiben, Rahul?" Adele schaute mit tränengefüllten Augen zu ihm.

„Du bleibst hier und ich gehe und suche eine Schwester. Ich werde sie fragen, ob sie sich für uns erkundigen kann."

Er ging und fand auch gleich eine Schwester. Diese wollte ihm aber nicht helfen und er wickelte sie mit seiner charmanten Art um den Finger, sodass sie doch im OP-Saal nachfragte. Sie gab die Antwort an ihn weiter. Beruhigt ging er zu Adele, diese stand in der Tür und hielt schon Ausschau nach ihm. Aufgeregt stammelte sie:

„Hast du eine Schwester gefunden? Hat sie etwas gesagt? Wie geht es meinem Vater? Wie lange dauert…"

„Adele, warte. Lass mich doch erst einmal in den Raum und setz dich, dann erzähle ich dir, was die Schwester mir gesagt hat."

Adele setzte sich auf den Stuhl und Rahul tat es ihr gleich. „Es gab Probleme mit der Herz-Lungen-Maschine. Sie ..."

„Seid mir bitte nicht böse", Estell war von ihrem Platz aufgesprungen, „aber ich brauche frische Luft." Noch bevor jemand sie aufhalten konnte, war sie aus dem Wartezimmer gelaufen. Adele schaute ihr betrübt hinterher, ehe sie sich wieder an Rahul wandte.

„Aber dann kann man uns doch nicht hier so sitzen lassen. Es geht um meinen Vater. Was ist, wenn er …" Sie redete nicht weiter, es stockte ihr der Atem, denn in diesem Moment ging die Tür auf und eine Schwester kam herein.

Sie stellte Kaffee und Kuchen auf den Tisch und ging wieder. Rahul bedankte sich bei ihr für die Freundlichkeit. Adele war nicht in der Lage und brachte nur ein gequältes Lächeln auf ihr Gesicht.

Auch in den nächsten drei Stunden rührte Adele nichts von dem an, was die Schwester ihnen hingestellt hatte. Ihr ganzer Körper strahlte Anspannung aus und wenn sie jetzt auch nur einen Bissen essen würde, käme dieser gleich wieder rückwärts, dessen war sie sich sicher.

Auch Estell war wieder zurück bei Adele und Rahul. Die frische Luft schien ihr gutgetan zu haben, denn jetzt versuchte sie, Adele dazu zu bewegen, etwas an die frische Luft zu gehen oder wenigstens in der Cafeteria etwas zu essen. Vergebens. Sie wollte oder konnte nicht weggehen.

„Was ist, wenn ich weggehe und genau in diesem Moment der Arzt kommt? Dann bin ich nicht da!"

„Ja, aber du kannst deinen Vater nicht unterstützen, wenn du selbst krank wirst."

Rahul nahm Adele an der Hand und ging zur Tür. „Los, komm, wir gehen an die frische Luft. Estell hat recht."

Adele fügte sich widerwillig und erst, nachdem Estell versichert hatte, dass sie bleiben würde. Somit hatte sie keine Ausrede mehr und sie gingen an die Luft. Auf dem Weg, nach draußen holte Rahul noch etwas zu essen und dann setzten sie sich auf eine Bank im Park.

„Rahul, kannst du mir sagen, warum du hier bist? Deine Familie ist doch in Delhi und die brauchen dich. Deine Arbeit an der Uni wird auch nicht von allein fertig."

„Versuchst du mich gerade loszuwerden?"

„Nein ich bin froh, dass du bei mir bist, aber ich bin nicht deine Frau."

Rahul drückte ihr seinen Zeigefinger auf den Mund. „Bitte, rede nicht weiter. Ich …"

Genau in diesem Moment klingelte sein Telefon. „Sorry, aber ich muss da ran gehen." Er antwortete knapp, immer nur mit ‚ja' oder ‚nein'. Adele fühlte sich überflüssig und wollte wieder zurückgehen, da wurde sie durch das Ziehen an ihrem Sari aufgehalten. Sie drehte sich rum und schaute nach unten. Rahul saß auf ihrem Sari, sodass sie nicht weg konnte.

„Rahul, kannst du bitte meinen Sari loslassen", fragte sie und musste dabei schmunzeln.

Erschrocken drehte sich Rahul um, schaute zu Adele und wurde etwas rot im Gesicht. Mit einer Geste der Entschuldigung stand er auf und nahm den Sari in die Hand.

„Was… bitte lass los!", forderte Adele ihn wieder auf. Und Rahul nahm seine Hand mit dem Sari, hob sie hoch und winkt mit ihr. Er hatte nicht vor sie gehen zu lassen. Mit dem Zeigefinger in der Luft bedeutete er ihr, zu warten, und beendete das Gespräch im nächsten Augenblick.

„Entschuldige bitte, aber, ich lasse dich doch nicht einfach zurückgehen, ohne mich mitzunehmen."

„Mit wem hast du gesprochen?", fragte Adele, als sie sich auf den Rückweg machten.

„Stimmt, das weißt du ja auch noch nicht. Das war die Uni hier in Bern. Ich hatte nachgefragt, ob sie eventuell eine freie Stelle als Gastdozent für mich haben. Irgendwie muss ich ja auch etwas Geld verdienen. Schließlich kann ich ja nicht nur von Luft und Liebe leben". Er schaute Adele an. Sie wurde etwas verlegen und rot um die Nase, ehe sie ihm zustimmte.

Sie hatten kaum die Wartezone betreten, als die Tür zum OP-Bereich aufging. Ein Arzt in OP-Kleidung betrat den Raum. Er zog sich die Kappe vom Kopf und nahm sie zwischen die Hände. Mit zitternden Knien trat Adele ihm entgegen. Ihre Augen lagen erwartungsvoll auf seinem Gesicht, um keine Regung zu verpassen. In Adeles Brust machte sich ein beklemmendes Gefühl breit. Sie spürte ihren Herzschlag bis zum Hals, als würde es gleich aus ihr herausspringen wollen.

Rahul und Estell waren neben Adele getreten. Sie konnte spüren, wie Rahul den Arm um sie legte. Niemand von ihnen wagte zu sprechen.

„Es gab einige Komplikationen während der Operation. Die gute Nachricht ist, ihr Vater lebt."

„Komplikationen?", echote Adele.

Wenn Rahul sie nicht gestützt hätte, wäre sie in diesem Moment gefallen.

„Erst hatten wir Schwierigkeiten mit der Herz-Lungen-Maschine, welche ersetzt wurde. Leider konnten wir das Herz nicht transplantieren, da es nicht schlagen wollte. Wir haben versucht, es zu reanimieren, aber es war wohl zu lange vom Blutkreislauf getrennt. Dann haben wir das Herz wieder entfernt und ein künstliches angeschlossen, sodass das Gehirn ihres Vaters, wieder mit Blut und Sauerstoff versorgt wird. Momentan befindet sich Ihr Vater wieder in einem künstlichen Koma, damit sein Körper nicht so belastet wird."

Adele schob Rahuls Hand weg und trat ein paar Schritte zurück. Ihre Hoffnungen waren in diesem Moment zerschlagen. Wie sollte ihr kranker Vater das nur überstehen? Kein neues Herz, wieder an Maschinen angeschlossen, die ihn am Leben hielten. Was war das bitte für ein Leben?

„Frau Behrens", sagte der Arzt vorsichtig, „Es tut mir sehr leid, aber es ist unwahrscheinlich, dass wir in kurzer Zeit ein neues Spenderherz bekommen. Sie … sollten vielleicht darüber nachdenken, ob es nicht besser wäre, die Maschinen abzustellen. In Anbetracht der Tatsache, wie lange er schon von Maschinen am Leben gehalten wird, könnte Ihre Entscheidung ihm endlich Frieden bringen."

In diesem Moment war es stumm. Es schien, als wagte niemand zu atmen. Alles war wie ausgeblendet. Adele weinte stumm. Sie klammerte sich an Rahuls Hand fest, der einzige Halt, den sie gerade hatte.

„Ich möchte gehen! Rahul, bitte bring mich von hier fort."

„Ja, wir gehen." Rahul stand auf, um ihrem Wunsch sofort nachzukommen. Und Adele war froh, dass er sie nicht überreden wollte, zu bleiben. „Wir melden uns später.", informierte er den Arzt. „Ich werde sie erst einmal heimbringen, damit sie sich beruhigen kann. Wie lange haben wir Zeit, bis wir uns melden müssen?"

„Nehmen Sie sich die Zeit, die Sie brauchen."

Und das taten sie. In den nächsten Tagen dachte Adele viel nach, war abwesend und sprach selten. Insbesondere nicht über ihren Vater. Diese Sache musste sie mit sich allein ausmachen.

Sie konnte Estells Ungeduld verstehen. Sie wollte eine Entscheidung, um abschließen zu können, doch Adele war nicht soweit. Ihren geliebten Vater gehen zu lassen, erforderte viel Kraft. Und sie war froh, Rahul an ihrer Seite zu haben, der ihr diese Kraft spendete und ihr zeitgleich so viel abnahm.

Auch Estell wurde in den nächsten Tagen schweigsamer. Sie merkte, dass Adele keine Entscheidung treffen konnte, solange sie sie bedrängte, es zu tun.

„Ich muss mich erst von ihm verabschieden und ihm sagen, dass ich da bin und ihn lieb habe", verkündete Adele nach Tagen des Wartens. Sie hatte gehofft, gebetet, gewartet. Doch letztendlich musste sie sich eingestehen, ihren Vater nur noch mehr leiden zu lassen, je länger sie eine Entscheidung hinauszögerte.

Also fällte sie eine, die ihr das Herz brach, von der sie jedoch hoffte, dass es die richtige war.

Estell und Adele machten sich gemeinsam auf den Weg ins Spital, um Abschied nehmen zu können. Adele zerriss es das Herz, ihren Vater gehen lassen zu müssen. Und die Formalitäten, die noch geklärt werden mussten, machten es nicht besser.

Ihrem Vater beim Sterben zuzusehen, war das Schlimmste, was Adele jemals durchgemacht hatte. Sie wollte stark sein, doch sie weinte ununterbrochen. Nach Sebastian hatte ihr Herz schon einen Bruch, aber nun bezweifelte sie, dass es jemals wieder heilen würde.

Und doch machte sich eine Erleichterung breit. Adele wusste, dass die Quälereien jetzt ein Ende hatten und ihr Vater seine Ruhe finden würde.

Die beiden Frauen fuhren gemeinsam nach Hause und saßen stundenlang, ohne ein Wort zu sagen, im Garten auf der alten Bank.

Diese hatte Hubert vor vielen Jahren gebaut und genau an dieser Stelle unter dem alten Apfelbaum abgestellt, um Adele beim Schaukeln zusehen zu können.

Es war unwirklich. Nun war alles anders. Ihr Vater war tot, an einem besseren Ort und Estell als Einzige von der Familie übrig.

„Estell, wenn du nichts dagegen hast, würde ich gern noch etwas bleiben und mit dir die Beerdigung und alles andere vorbereiten. Ich … möchte dir einfach noch etwas Gesellschaft leisten."

„Das finde ich schön", erwiderte Estell mit einem traurigen Lächeln. „Bleibt Rahul auch noch, oder muss er wieder zurück?"

„Nein, er bleibt und wir reisen irgendwann in näherer Zukunft gemeinsam wieder zurück."

Während Adele und Estell die Trauerfeier und die Beerdigung planten, zogen die Tage in Windeseile an ihnen vorüber.

Wie immer, wenn etwas Unangenehmes bevorstand, raste die Zeit. Adele fühlte sich wie in

Trance, in der sie keine Zeit hatte, den Tod ihres Vaters zu verarbeiten.

Rahul versuchte, ihr eine Stütze zu sein, doch musste er an die Uni. Und sie war dankbar, dass sie Nishay kurzfristig in dem Kindergarten unterbringen konnte, in welchen auch sie schon gegangen war.

Am Tag der Beerdigung herrschte eine bedrückende Stille im Haus. Während es sonst voll Stimmengewirr und Lachen war, schwiegen heute alle Bewohner einvernehmlich, während sie noch die letzten Vorbereitungen trafen.

Alle waren sie gekommen. Die Lehrlinge, die ihr Vater ausgebildet hatte, die Mitarbeiter und die Geschäftsleute. Außerdem viele Freunde und sogar Sebastians Mutter war angereist, um Adeles Vater zu verabschieden.

Es war eine Beerdigung mit viel Schmerz und noch mehr Tränen. Adele wurde von Rahul gestützt. Seine Nähe sorgte dafür, dass sie sich nicht vollkommen in ihrer Trauer verlor.

Als die engsten Freunde und Familienmitglieder sich bei Adele zuhause trafen, hoffte sie, dass auch Inka dabei sein würde. Doch diese war gleich nach der Beisetzung gegangen, und hatte die Hoffnung auf eine Versöhnung zunichtegemacht. Adele hatte gehofft, dass es eine Aussprache geben und dass Nishay ihre Großmutter kennenlernen würde. Doch scheinbar wollte Inka auch heute noch keinen Kontakt zu ihr und suchte noch immer die Schuld am Tod ihres Sohnes bei Adele.

Mit traurigem Blick saß Adele bei der Trauerfeier. Die Tische waren voll mit vielen Kleinigkeiten, die Hubert gern mochte und mit dem, was er sein ganzes Leben lang in der Backstube gebacken hatte. Diese vielen Sachen wurden alle von den Gesellen, die er ausgebildet hatte, zubereitet. Doch Adele stocherte nur mit gesenktem Blick an einem Stück Kuchen herum, bis sie Rahuls Hand auf ihrem Arm spürte. Als sie aufsah, deutete er mit dem Kopf in Richtung Tür.

Inka hatte soeben den Raum betreten. Adele folgte ihrem Weg, als sie durch den Raum ging und sich direkt neben Nishay setzte. Für einen kurzen Moment sahen sich die beiden Frauen an, dann formte Adele mit ihren Lippen ein leises ‚Danke'.

Inka nickte und griff über Nishay hinweg nach Adeles Hand, um diese sanft zu drücken.

Erleichterung durchströmte sie, denn nun hatte sie einen Grund weniger, traurig zu sein. Sie fühlte sich gut, trotz des Verlustes ihres Vaters, da sie Inka wiederhatte. Und diese wollte nie wieder auf Adele und Nishay verzichten.

Auch ihre Tochter war begeistert von ihrer Großmutter. Adele ließ sie so viel Zeit, wie möglich, mit ihr verbringen. Denn auch wenn es noch einiges zu tun gab, wussten sie alle, dass ihr Abschied unaufhaltsam näher rückte.

Estell und Adele besprachen das weitere Vorgehen bezüglich des Hauses. Beide hatten kein Interesse daran.

Adeles Lebensmittelpunkt war in Indien und auch Estell wollte zu ihrer Familie nach Mexiko. Diese bestand zwar nur noch aus einer Cousine und deren Kindern, aber es war eben Familie. Ein paar Erinnerungsstücke vom Leben mit Adele und Hubert wollte sie mitnehmen und ein Versprechen von Adele, dass sie mindestens einmal im Jahr zu ihr kommen würde. Dieses Versprechen gab sie gern, immerhin war Estell wie eine Mutter für sie.

Also beschlossen sie, einen Makler einzuschalten. Dieser sollte den Verkauf des Hauses übernehmen. Tatsächlich hatte er in kurzer Zeit einige Interessenten gefunden und auch ein Käufer für das Haus war dabei.

Sogar einige der Möbel wollten die Käufer übernehmen, was für Adele eine Erleichterung war. Der Rest wurde über einen spontanen Garagenflohmarkt verkauft oder an Studenten verschenkt Es war schön, zu sehen, dass all diese Dinge, doch noch ihren Platz fanden und Huberts Erbe einen so guten Nutzen gefunden hatte.

Innerhalb von drei Wochen war das Haus, bis auf die vom neuen Eigentümer übernommenen Möbel, leer.

Estell war abgereist und Adele saß mit Nishay und Rahul auf gepackten Koffern. Die neuen Eigentümer, eine kleine Familie mit zwei Kindern und einem Hund, waren die Letzten, die Adele in diesem Haus begrüßte.

Sie übergab ihnen den Schlüssel und warf noch einen letzten wehmütigen Blick aufs Haus, ehe sie zu Rahul und Nishay ins Taxi stieg, um zum Flughafen zu fahren.

11. Der Rauswurf

Der Abschied von Bern war Adele schwerer gefallen, als sie vorher angenommen hatte. Sie wusste nicht, ob sie jemals wieder in die Schweiz zurückkehren würde, doch ein Teil von ihr, würde immer hier ihre Heimat haben. Aber Adeles Leben fand in Delhi als Aditi statt.

Schon als sie aus dem Flugzeug gestiegen war, hatte sie erleichtert aufgeatmet. Die letzten schlimmen Wochen konnte sie nun hinter sich lassen.

Rahul, Nishay und sie wurden von der Familie herzlich begrüßt. Sofort erhielten sie eine Einladung zum Essen, doch Aditi wollte, so schnell es ging, zum Witwenhaus. Im allgemeinen Begrüßungstaumel wollte sie sich davonschleichen. Doch sie hatte nicht mit der List der Mädchen gerechnet, die ihren Sari mit Rahuls Schal verknotet hatten. Aditi wollte sich abwenden und zog Rahuls Schal mit sich.

„Hiergeblieben", lächelte Rahul, als er an seinem Schal zog und Aditi somit aufhielt. Er führte sie zurück in seine Arme und sah auf sie hinunter. „Glaubst du, dass ich dich jemals wieder gehen lasse?"

Es war still geworden um sie herum. Aditi wagte nicht, sich zu rühren. Der Moment war schön, doch wenn sie sich bewegte, musste sie Rahul eine Antwort geben. Und sie konnte es nicht hinnehmen, dass Rahul davon ausging, sie würde bei ihm bleiben.

„Es tut mir leid, wenn ich dir Hoffnungen gemacht habe", erklärte sie mit einer Stimme, von der sie hoffte, sie würde selbstsicher klingen, auch wenn sie sich nicht so fühlte, „aber wir sind hier wieder in Indien. Du weißt, wo eine Witwe hingehört und dahin gehe ich jetzt wieder zurück."

Sie entknotete den Schal und den Sari, drehte sich zu ihrer Tochter, nahm sie an die Hand und lief entschlossen auf den Ausgang zu, um sich eine Riksch a zum Witwenhaus zu nehmen.

„Aditi", rief Anjalie ihr hinterher, doch ihre Freundin drehte sich nicht mehr um, sondern stieg in die Riksch a und fuhr davon.

„Warum stehst du hier herum und gehst ihr nicht hinterher?", fuhr sie Rahul im nächsten Moment an.

„Wieso sollte ich? Ich werde sie zurückholen, wenn die Zeit gekommen ist. Lass sie erst einmal gehen. Früher oder später wird sie sich besinnen. Und dann bin ich für sie da."

„Ich vermute, es wird eher früher als später", plapperte Anjalie unbedacht los und seufzte.

Rahul schaute sie mit ernster Miene an. „Warum? Was habt ihr verschwiegen?"

Anjalie erzählte Rahul von einer Abmachung mit dem Witwenhaus. Demnach sollte Aditi von dort verstoßen werden, da sie niemals freiwillig gehen würde. „Ihr ganzes Hab und Gut ist schon bei uns."

„Wie konntet ihr Aditi so was antun, ohne sie vorher zu warnen?", fragte er geschockt und sah von Anjalie zu seiner Mutter. Er war es gewohnt, dass sie ihre Finger überall im Spiel haben mussten, doch dieses Mal waren sie eindeutig zu weit gegangen.

„Ich … ", begann Rahul, hielt jedoch gleich wieder inne. „Wie … " Ein erneuter Versuch, mehr Informationen aus Anjalie und Bamita herauszubekommen.

„Es war einfach. Die Witwen packten die persönlichen Sachen von Aditi und Nishay in ihre Kisten und brachten alles zu unserem Haus."

„Mutter, was meint ihr, wie Aditi reagieren wird, wenn sie zum Witwenhaus kommt und kein Zuhause mehr hat", fuhr er Bamita an.

„Glaubt ihr, sie wird dann vor unserer Tür stehen und bitten bei uns einziehen zu dürfen?"

Er drehte sich um und ließ die beiden Frauen stehen.

Jetzt hatte er einen Grund, auf dem schnellsten Weg zum Witwenhaus zu gelangen. Als er dann in der Straße vor der kleinen Gasse ankam, hinderte ihn die Wut, zum Witwenhaus zu stürmen und Aditi beschützend beiseite zu stehen. Er war zu aufgebracht, um mit ihr zu reden.

Mit bebender Brust blickte er durch das Tor und konnte nicht weiter. Er wollte sich gar nicht ausmalen, wie es Aditi jetzt ging, ihres Zuhauses beraubt, nicht wissend, wohin sie jetzt gehen konnte und sollte. Zu stolz, jemanden um Hilfe zu bitten.

Gerade als er entschlossen einen Schritt auf das Tor zumachte, griff eine Hand nach seinem Arm und hielt ihn davon ab. Seine Schwester war ihm gefolgt. In ihrem Blick lag die Schuld, von der er hoffte, dass seine Worte sie hervorrufen würden.

Dennoch war er dankbar, dass sie hier war. Sie betrat den Hof allein und sah Aditi unter dem Baum, in der Mitte des Hofes, sitzen. Im Arm hielt sie ihre Tochter.

Dieses Bild erinnerte Anjalie an die Geschichte, die Mena, über das Schicksal Aditis und ihrer Mutter erzählte.

Oh nein, dachte sie, so wirst du nicht enden, das werde ich nicht zulassen.

Sie lief auf Aditi zu und setzt sich zu ihr. Sanft berührte sie ihre Hand, um Aditis Aufmerksamkeit auf sich zu lenken.

„Was willst du hier, Anjalie?", fragte Aditi mit brüchiger Stimme. „Ich bin eine Ausgestoßene. Sogar das Witwenhaus will mich nicht mehr haben. Mein Vater ist tot, Sebastian ist tot und Estell ist auch nicht mehr da."

„Wir sind da", antwortete Anjalie leise. Sie war froh, dass Aditi sie nicht anschaute, denn das schlechte Gewissen, welches sie empfand, musste ihr ins Gesicht geschrieben stehen. „Meine Mutter und die Kinder warten zuhause auf dich und Nishay. Komm doch bitte mit."

„Ich möchte euch nicht zur Last fallen."

„Das tust du nicht! Wir haben für dich und deine Kleine ein Zimmer hergerichtet.

Da kannst du zur Ruhe kommen."

Anjalie nahm Aditi die schlafende Nishay ab und ging los. Auch Aditi erhob sich und nahm den Rest ihrer Habseligkeiten, um Anjalie zur Straße zu folgen. Dort warteten der Fahrer der

Rikscha und Rahul geduldig auf die Rückkehr Anjalies.

Rahul nahm die Taschen von Aditi, verstaute sie auf der Rikscha. In der Zwischenzeit nahmen die beiden Platz. Sie sprachen kein Wort miteinander, während der Fahrer sie alle anschließend zum Haus der Sharmas fuhr.

Aditi war zu sehr mit sich selbst beschäftigt. Immer wieder schaute sie zurück, um keine Reaktion im Hof des Witwenhauses zu verpassen, sollte es sie geben. Aber die Tür blieb geschlossen und die Lichter gelöscht.

Jeder Meter, den sie sich vom Witwenhaus entfernten, fühlte sich für Aditi an, als ob ihr jemand die Last von den Schultern nahm.

Trotz der Gedanken darüber, was sie falsch gemacht haben könnte und ihrer ungewissen Zukunft, fühlte es sich befreiend an. Sie hätte es nie geglaubt, doch der Rauswurf konnte eine Chance für sie sein.

Der Weg fühlte sich lang und beschwerlich an. Aditi hatte das Gefühl, er nahm kein Ende. Nervös knetete sie ihre Hände, bis Anjalie danach griff, und versuchte, sie abzulenken.

„Kieran ist ganz außer sich, dass du zu uns kommst. Er kann es kaum erwarten, dich wiederzusehen."

„Dann sollten wir schneller fahren", wandte sie sich an den Fahrer, der ihre Anweisung mit einem Nicken zu Kenntnis nahm.

Als sie endlich in die Straße bogen, in der das Haus der Sharmas stand, konnten sie von weitem schon die hell erleuchteten Fenster sehen. Aditi starrte gebannt die näherkommenden Lichter an. Doch als die Rikscha vor dem Haus anhielt, rührte sie sich nicht vom Fleck.

„Ich habe Angst, Anjalie. Und ich weiß nicht, ob es…"

„Bitte, Aditi, lass das. Du musst keine Angst haben, denn wir sind alle froh, wenn du bei uns bist und wir eine vollständige Familie sind. Mutter freut sich schon so sehr auf dich und Nishay."

„Eine vollständige Familie? Geht es euch nur darum, dass ihr eine Frau für Rahul habt?"

„Nein, so meinte ich das nicht, es ist nur weil… Rahul und du…"

Aditi seufzte ungehalten. Warum konnte sie es nicht gut sein lassen. Ständig mussten sie versuchen, Rahul und sie zu verkuppeln.

„Komm", forderte Anjalie Aditi auf, die gemerkt hatte, dass diese nicht darüber reden wollte, „lass uns ins Haus gehen."

Sie nahm Aditi an die Hand und öffnete die Tür der Rikscha, um auszusteigen.

Eine seltsame Stille herrschte im Haus, als sie über den Hof gingen. Anjalie öffnete die Haustür und trat ein.

Hinter der Tür hatten die Mädchen und Bamita alles für eine richtige Begrüßung hergerichtet. Der Eingangsbereich war mit Blumen geschmückt, auf dem Boden direkt an der Schwelle lagen Blütenblätter und darauf stand ein Handi voller Reis, geschmückt mit einem roten Band.

Anjalie ging an dem Becher vorbei und Aditi wurde mit gesegnetem Licht begrüßt. Es wurde ihr Sindur als Punkt von Bamita auf die Stirn aufgetragen. Als sie über die Schwelle des Hauses trat, stieß sie mit dem Fuß gegen den Handi und warf ihn um. Über den mit Blüten geschmückten Boden, ging sie in den Innenhof des Hauses. Hinter ihr wurde die Tür geschlossen.

„Willkommen", riefen alle und freuten sich, dass Aditi endlich da war.

„Das hat aber lang gedauert, bis du mit ihnen hier warst, Mama", platzte es aus Jodha heraus.

„Es brauchte nun mal Zeit die restlichen Sachen zu packen." Anjalie wollte nicht, dass jemand erfuhr, das Aditi mit Nishay unter dem Baum im Hof gesessen hatte und nicht mit ihr kommen wollte. Diese Blöße wollte sie ihr ersparen.

„Wie geht es jetzt weiter?" Aditi betrat das Zimmer, in welchem Bamita, Anjalie und Rahul beim abendlichen Tee saßen. Die Kinder waren bereits alle in ihren Zimmern, sodass sie nun einige Fragen klären konnten, aber Rahul verschob das Gespräch.

„Lasst uns schlafen gehen, es war ein anstrengender und aufregender Tag, das können wir auch morgen noch alles klären."

„Nein, Rahul, ich möchte jetzt darüber reden, bitte."

„Wir können doch jetzt nicht einfach ins Bett gehen", mischte Bamita sich ein.

„Oh doch, denn diese Angelegenheit können wir auch morgen besprechen, denn keine von euch wird sich vorher Gedanken darüber gemacht haben, wie es nun weiter geht."

Die beiden Frauen schwiegen betreten. Rahul war lauter geworden und sein Blick glitt immer wieder zwischen Anjalie und Bamita hin und her. „Wir klären das morgen." Damit beendete Rahul diese Zusammenkunft, in der Hoffnung, dass er gleich mit Aditi noch allein auf der Terrasse sitzen konnte, um mit ihr in Ruhe reden zu können. Denn das was er ihr zu sagen hatte, mussten seine Mutter und seine Schwester nicht hören.

Zu seinem Leidwesen bemerkte Aditi nicht seine Gesten mit den Augen und so ging auch sie in ihr Zimmer. „Frauen sind einfach zu kompliziert", seufzte er und legte den Kopf in den Nacken, um in die Sterne zu schauen.

„Entschuldige bitte, dass ich nicht gleich bemerkt habe, dass du mit mir allein reden möchtest", sprach Aditi wenig später leise, um ihn nicht zu erschrecken.

„Aditi", Rahul hatte den Kopf gehoben und nahm nun ihre Hand in seine, „komm setz dich zu mir, bitte. Also", er atmete tief durch, „was ich dir sagen wollte."

Aditi schaute ihm tief in die Augen.

„Ich möchte, dass du bei mir bleibst. Und dass wir für immer zusammen sind, als Mann und Frau."

Rahul war immer leiser geworden, so dass Aditi ihn bitten musste, seine Worte noch mal zu wiederholen. Noch einmal holte er tief Luft.

„Werde meine Frau", sagte er stattdessen nur. Alles zu wiederholen, würde er nicht über sich bringen. In diesem Moment ging das Licht auf der Terrasse an und Rahul konnte nur mit Mühe einen Fluch unterdrücken. Was war nur mit den Leuten in diesem Haus los?

„Sorry", Jodha seufzte, als sie Aditi und Rahul sah, „ich wollte euch nicht stören, aber mir ist so warm, ich wollte hier draußen schlafen."

„Okay, wir gehen, du kannst dich schlafen legen. Kommst du, Rahul?"

„Ja, ich komme."

Zusammen verließen sie die Terrasse und gingen in ihre Zimmer. Rahul hatte gesagt, was er zu sagen hatte. Doch wusste er auch, dass sich nichts an Aditis Sichtweise geändert hatte. Er musste eine Lösung finden, wie er sie zur Frau nehmen konnte.

Der Morgen begann mit einem Regenschauer, der die staubige Luft in einen frischen, befreienden Duft verwandelte.

Als Aditi verschlafen und mit wuscheligem Haar in die Küche kam, hielt sie noch in der Tür inne. „Guten Morgen", gähnte sie vor sich hin und musterte die Kinder nacheinander.

„Na, du Schlafmütze, auch schon wach?"

„Ihr seid ja alle schon fertig angezogen und am Essen!" Aditi schaute sich um.

„Wenn du Onkel suchst, dann kann ich dir sagen, der sah nicht besser aus, als du. Er ist aber schon weg."

„Jodha, bitte lass deine Kommentare. Nimm deine Geschwister und macht euch auf in die Schule."

„Ja, machen wir. Komm, Kieran, die Erwachsenen wollen jetzt allein reden."

„Aditi, setz dich. Ich mache dir einen Lassi und ein Naanbrot, wenn du magst."

Aditi nickte. „Und bitte einen Tee… kann ich einen Tee haben?"

Bamita verließ einen Moment lang das Zimmer. Sofort wurde Aditi von Anjalie in Beschlag genommen. „So, nun erzähl, was wollte Rahul gestern Abend noch von dir?"

„Woher, ah, Jodha hat es dir erzählt."

„Ja, hat sie. Also was wollte er?"

„Ich weiß es nicht. Wir wurden von Jodha sozusagen von der Terrasse verband", schwindelte Aditi. Sie wollte nicht erzählen, dass Rahul sie gebeten hatte, seine Frau zu werden. „Aber mal was anderes:

Wie soll ich mich nur bei euch jemals bedanken dafür, dass ihr mich und meine Kleine aufgenommen habt?" Sie streichelte Nishay über den Kopf. „Was sollen wir nur machen? Am liebsten würde ich nach Bern zurückgehen, aber da habe ich alles verkauft, zu Sahra kann ich auch nicht, da sie und ihr Mann keinen Platz für mich und meine Tochter haben und zu Estell nach Mexiko, will ich nicht. Was soll ich nur tun, Anjalie?"

„Jetzt bleibst du erst einmal hier und wirst dich erholen und dann sehen wir weiter. Vielleicht finden wir eine Lösung."

„Meinst du?"

„Wir werden sehen. Aber jetzt essen wir erst einmal und dann haben wir viel zu tun. Schließlich müssen wir eure Sachen noch auspacken, dann einkaufen, sauber machen", zählte Anjalie auf. „Und wenn wir jetzt nicht anfangen, dann schaffen wir das nicht und heute Abend gibt es kein Essen."

Nach dem Frühstück machten sie sich an die Arbeit.

Aditi hatte in der ganzen Zeit keinen einzigen Gedanken an ihre Zukunft verschwendet, sondern alles mit Anjalie erledigt und sogar das Abendessen war rechtzeitig fertig.

Nach dem gemeinsamen Essen war Aditi so erledigt, dass sie sich auf ihr Zimmer zurückzog. Sie schaffte es gerade noch so, die kleine Nishay ins Bett zu legen und sich daneben.

Schnell schlief sie vor Erschöpfung ein, sodass sie nicht einmal mitbekam, dass jemand an ihrer Tür klopfte.

Die Zeit verging, ohne das Rahul auch nur die Gelegenheit hatte, allein mit Aditi zu sprechen. Entweder war sie nicht allein, oder sie redete sich damit heraus, nach den ganzen Arbeiten zu müde zu sein.

So ging das ein paar Wochen. Immer wenn Rahul mit ihr reden wollte, war sie, auf ihrem Zimmer.

Er stellte seine Mutter zur Rede und bat sie darum, das Aditi nicht mehr so viele Arbeiten erledigen solle.

„Wenn sie meine Schwiegertochter wird, muss sie das doch auch machen, oder? Und da du es nicht schaffst sie zu fragen, müssen wir eine andere Lösung finden, wie wir sie beschäftigen."

„Wann soll ich sie denn fragen, wenn ich nie mit ihr allein bin? Ich brauche ein paar Minuten mit ihr, um ihr den Vorschlag zu unterbreiten."

„Gut dann wird es Zeit für meinen Plan B."

„Plan B?"

„Ja, am Wochenende fahren wir weg und du bleibst mit Aditi hier. Wir werden ihr erzählen, dass sie nicht mitkommen kann, da jemand für dich sorgen muss."

Tatsächlich war Aditi froh, sich für die Hilfe der Familie revanchieren zu können, indem sie bei Rahul blieb.

„Aber denke bitte daran, dass er immer, wenn er von der Universität kommt, sein Essen haben möchte."

„Ja, Mutter, das werde ich fertig haben. Es wird ihm an nichts fehlen."

Das war das erste Mal, dass sie Bamita Mutter genannt hatte. Erstaunlich war, dass Bamita es, ohne einen Kommentar dazu, hingenommen hatte

12. Ein neues Leben

„Aditi wo bist du?", schallte es durchs Haus.

„Ich bin in der Küche. Bitte setz dich an den Tisch im Hof, ich komme gleich mit dem restlichen Essen."

Rahul tat, was sie sagte, und setzte sich an den Tisch. Er war reich gedeckt mit all seinen Lieblingsspeisen und Getränken.

„Erwarten wir heute noch Besuch?", rief er lautstark in Richtung Küche.

„Nein, warum fragst du?", kam es leise zurück. Er schaute hoch und da kam Aditi gerade barfuß die Stufen herunter.

Sie hatte einen großen kupfernen Topf in den Händen, der anscheinend wohl etwas zu heiß und zu schwer war, sodass Rahul aufstand und das Handtuch vom Stuhl nahm, um ihn ihr abzunehmen.

Aditi betrachtete die Innenflächen ihrer Hände, die etwas gerötet waren. Nachdem Rahul den Topf abgestellt hatte, kam er zu ihr zurück und nahm ihre Hände in seine. Vorsichtig und beinahe zärtlich pustete und strich er darüber, ohne hinzusehen. Stattdessen beobachtete er Aditi.

Sie waren sich so nah, dass er ihre pulsierende Ader am Hals sehen konnte. Noch bevor er etwas sagen konnte, räusperte sie sich, um die Situation zu unterbrechen.

„Sag mal, Rahul, warum sind alle weggefahren und nur wir durften nicht mit?"

„Mutter sagte doch, dass es…"

„Ja, aber ich…"

„Gefällt es dir nicht, mit mir hier zu sein?"

„Doch, natürlich!", seufzte Aditi

„Was meinst du, wenn ich heimgekommen wäre und Hunger gehabt hätte. Wer hätte mir dann geholfen?" Schelmisch grinste er sie an.

„Ach du, dir ist nicht zu helfen, oder? Du brauchst wohl immer jemanden, der dir hilft."

„Nein, nicht jemanden, sondern nur dich."

„Mich? Aber warum mich? Ich bin immer noch eine Witwe und daran wird sich auch nichts ändern."

Aditis Augen füllten sich mit Tränen, diese suchten sich ihren Weg und liefen an ihren Wangen herunter. Rahul wischte sie ab und behielt Aditis Gesicht in seinen Händen.

„Bitte, weine nicht, Aditi. Ich kann es nicht ertragen, wenn du weinst. Es gibt eine Lösung für unser Problem."

„Welche?"

„Hör mir zu und erst wenn ich fertig bin mit reden, dann kannst du was dazu sagen."

Sie versprach es und er löste sich von ihr, um seinen Vorschlag zu unterbreiten.

„Wir können nicht einfach heiraten denn kein Priester würde uns trauen, da es in unserer Religion einfach nicht möglich ist, eine Witwe zu ehelichen."

Das alles wusste Aditi nur zu gut. Immerhin hatte sie ihm die letzten Monate nichts anderes gesagt.

„Um doch noch meine Frau werden zu können", fuhr er fort, „und damit keine Witwe mehr zu sein, musst du in den Tempel der Tempel gehen, um dort einige Zeit zu leben.

Wenn du das überstanden hast, was nicht immer einfach sein wird, da du auf dich allein gestellt sein wirst, bekommst du ein neues Leben mit einem neuen Namen.

Dann können wir heiraten und du hättest einen Platz, wo du hingehörst und den dir niemand mehr wegnehmen kann."

Er schaute sie fragend an, dann redete er weiter, dieses Mal mit fragender Stimme.

„Überlege dir, ob du das machen möchtest, ob deine Gefühle für mich ausreichen und groß genug sind um mit mir von vorn zu beginnen. Bedenke aber, dass du allein in den Tempel musst, Nishay bleibt in der Zeit bei uns."

Er machte eine längere Pause. Aditi schwieg noch immer, auch wenn es ihr schwerfiel. Sie wollte erst das Für und Wider für sich abwägen. Und im Augenblick empfand sie hauptsächlich Angst darüber, ihre Tochter allein zu lassen und sie lange Zeit nicht zu sehen.

„Du hast Zeit bis morgen früh, denn dann müssen wir aufbrechen. Damit dir der Abschied nicht so schwerfällt, haben Mutter und ich das mit dem Wochenende geplant."

Aditi schaute ihn mit großen Augen an. Es fiel ihr schwer, eine Entscheidung zu treffen. „Wie lange werde ich weg sein?", fragte sie stattdessen.

„Das weiß ich nicht. Das entscheiden die Priester im Tempel."

„Ist der Tempel weit weg?"

„Der Tempel ist in den Bergen, in Badrinath. Wenn du alles überstanden hast, sehen wir uns in Haridwar, wo wir uns dann vom Priester trauen lassen können."

Aditi nickte und stand auf. „Bitte entschuldige mich, Rahul. Ich… muss darüber nachdenken."

„Natürlich." Er entließ Aditi, wusste er doch, dass es keine leichte Entscheidung war. Heute Nacht würde er darum beten, dass sie sich für ein Leben mit ihm entscheiden würde.

Der Sonnenaufgang war himmlisch. Ein dunkles Rot zog sich am Horizont entlang und brachte die Stadt zum Leuchten.

Der gelbe Punkt in der Mitte der Röte wurde von Minute zu Minute mehr und Aditi, fühlte eine innere Ruhe. Eine Ruhe, die sie schon lange nicht mehr gefühlt hatte.

Und eine Entspanntheit, die ihr guttat. Den ganzen restlichen Abend und die halbe Nacht hatte sie sich Gedanken um ihre Zukunft gemacht, bis sie erschöpft eingeschlafen war.

Doch als sie heute Morgen erwachte, wusste sie, was sie zu tun hatte. Was sie tun wollte. Wie ihr Leben und das Leben von Nishay aussehen sollte.

„Guten Morgen." Rahul unterbrach ihre Ruhe und sie lächelte ihm entgegen. Dem Mann, der ihr ein neues Leben schenken würde. Der sie liebte und den sie liebte. Der Mann, der ihre Zukunft war.

Aditi war erstaunt, was diese Gedanken mit ihr anstellten. In diesem Moment hätte sie aufspringen und die Welt umarmen können.

„Guten Morgen. Das Frühstück ist fertig, setz dich. "

Aditi schenkte Rahul Kaffee ein. Sie konnte seinen Blick die ganze Zeit auf sich spüren. Er wollte eine Antwort, eine Entscheidung.

„Ich habe die ganze Nacht darüber nachgedacht", fing sie an, denn leicht ist ihr diese Entscheidung nicht gefallen. „Aber habe ich denn eine Wahl? Ich glaube nicht.

Entweder gehe ich und weiß nicht, wann ich wieder da sein werde.

Oder ich bleibe und muss mit meiner Tochter von euch weg, um irgendwo neu anzufangen.

Finanziell wäre das kein Problem, aber gesellschaftlich wäre es für mich und meine Tochter eine Katastrophe."

Sie stellte die Kanne mit dem Kaffee wieder auf den Tisch. Als sie sich wieder setzen wollte, griff Rahul nach ihrem Arm und hielt sie fest. Sanft zog er sie an sich, legte seine Hand auf ihren Rücken und spürte ihre Haut an seinen Fingern.

„Ich werde auf dich warten, ganz egal, wie lange es dauert. Und ich werde deine Tochter behandeln, wie meine eigene, sie beschützen und wie ein Vater für sie da sein. Aditi, ich liebe dich. Und nichts auf der Welt kann uns jetzt noch trennen."

Ihr lief ein wohliger Schauer über den Rücken. Es war das was, sie all die Jahre vermisst hatte. Die Liebe eines Mannes.

„Gut, ich werde gehen", antwortete sie leise. „Und ich werde alles dafür tun, dass ich eine freie Frau bin."

Lächelnd strich Rahul ihr eine Haarsträhne hinter das Ohr, ehe er sie entließ, sodass sie beide das Frühstück noch beenden konnten.

Es dauerte nicht lange, die Sachen zu packen, die sie in den Tempel mitnehmen würde. Gerade mal ein kleiner Koffer kam zusammen. Irdische Güter durfte sie nicht mitbringen und schon gar nicht bei sich führen.

Das Gespräch mit ihrer Tochter nahm mehr Zeit in Anspruch. Ihr zu erklären, dass sie in der nächsten Zeit nicht für sie da sein konnte, war das Härteste, was Aditi bisher tun musste. Ihr zerriss es beinahe das Herz.

Doch der Gedanke daran, danach endlich frei zu sein, und dass Nishay bei den Sharmas gut aufgehoben sein würde, ließ sie an ihren Plan festhalten.

Als sie aus ihrem Zimmer kam, stand Rahul schon da. Auch er hatte einige Kleidungsstücke zusammengepackt.

Aditis Blick musste sie verraten haben, denn ohne, dass sie eine Frage stellte, teilte Rahul ihr mit: „Denkst du etwa, ich lasse dich da allein in den Tempel gehen?"

„Das ist nett, Rahul", erwiderte Aditi, „aber ich möchte, dass du hierbleibst. Jemand muss sich um Nishay kümmern, bis die Familie zurück ist. Und ich würde es nicht ertragen, euch jetzt mitzunehmen und dann nicht bei mir behalten zu können."

Sie ging auf ihn zu und gab ihm einen Kuss auf die Wange. Es war ein besonderer Kuss, der ihr die Tränen in die Augen trieb.

Ein Kuss, der Abschied bedeutete. Abschied von allem.

„Der Fahrer bringt dich zum Tempel", erklärte Rahul und legte seine Hände auf ihre Schultern, „du brauchst nicht dem Bus oder der Riksha fahren. Wenigstens das kannst du annehmen."

Aditi nickte. „Leb wohl, Rahul."

Sie wandte sich schnell ab, um ihre Tasche zu nehmen und in den bereitstehenden Wagen einzusteigen. Die Fahrt mit dem Auto ging über Haridwar und Srinagar. Sie brauchten 16 Stunden, bis sie in der Nähe des Tempels waren.

Von weitem konnte sie ihn schon erkennen. Er war wunderschön in den Farben rot, gelb und blau angestrichen.

Unterhalb des Tempels an der Rikschastation hielt der Wagen an. Der Fahrer erklärte ihr, dass sie den Rest des Weges zu Fuß weitergehen musste.

Es war nicht mehr weit bis zu ihrer Unterkunft in der kleinen Herberge *Todi sewa Sadan*. Sie war überwältigt von all den Menschen, die hierher pilgerten, jeder mit seinem eigenen Anliegen. Aditi konnte einen Moment lang nicht die Augen von den Menschen abwenden.

Allerdings stellten die Menschenmassen sie vor ein anderes Problem. Wie sollte sie hier nur den Priester finden?

In der Herberge fand sie letztendlich, was sie suchte. Sie wurde zum Priester gebracht, der sie in die Gepflogenheiten des Tempels einweihte und mit ihr das Vorgehen der nächsten Monate besprach.

Er gab ihr Kleidung und stellte ihr eine Frau zur Seite, die sie herumführen sollte, nachdem Aditi sich umgezogen hatte. Die Tage und Wochen vergingen.

Als der Herbst in den Winter überging, hatte Aditi solche Sehnsucht nach ihrer Tochter, dass sie es kaum mehr aushielt, an sie zu denken. Sie musste sich immer wieder sagen, dass sie diese Trennung auch für Nishay und ihre Zukunft in Kauf nahm.

Zwei Jahreszeiten hatte sie bereits geschafft. Jetzt würde sie auch nichts mehr davon abhalten können, den Tempel bis zum Ende durchzustehen. Sie nahm an jedem Ritual teil, tat alles so, wie man es von ihr verlangte und beklagte sich nicht ein einziges Mal, in der Hoffnung, dass man sie bald aus dem Tempel entlassen würde.

Der Frühling wich dem Sommer. Aditi war bereits ein Jahr im Tempel. Sie wusste nicht, was man noch von ihr erwartete, um sie gehenzulassen. Doch die Blöße nachzufragen, wollte sie sich auch nicht geben.

Sie würde alles hinnehmen, um irgendwann ihre Tochter als freie Frau in die Arme schließen zu können.

Es war ein sonniger Tag, wie jeder andere in den letzten Wochen, als Aditi das Frühstück für die Pilger vorbereitete, die länger als üblich im Tempel blieben.

Sie stellte sich damit, in die Essensausgabe und wartete, bis die ersten kamen.

Einige kannte sie schon mit Namen, von anderen erfuhr sie sie nicht, da sie, nicht solange hier verweilten.

Wie bei dem Fremden, der in diesem Moment an die Essensausgabe trat. Sein Gesicht war unter der Kapuze verborgen, die er über den Kopf geschlagen hatte.

Mit gesenktem Kopf trat er auf sie zu.

Er sprach mit ihr kein einziges Wort, nahm immer nur nickend sein Essen entgegen und ging wieder. Auch heute war es so, dass er seinen Kopf nicht hob. Bisher hatte er sie nicht ein einziges Mal angesehen.

Aditi schaute ihm hinterher. Etwas an diesem Mann machte sie neugierig. Sie konnte ihren Blick nicht von ihm abwenden, bis sich auf der anderen Seite der Ausgabe jemand räusperte.

„Verzeihung", entschuldigte sie sich, als sie aus ihren Gedanken aufgetauchte und kümmerte sich um die Wünsche des Pilgers.

Der Nachmittag kündigte sich mit einem Regenschauer an, der sich erfrischend auf der Haut niederließ.

Aditi, die gerade dabei war am Fluss ihre Wäsche zu waschen, sah den seltsamen Fremden aus einer Berghöhle kommen. Sie unterbrach ihre Arbeit, um ihm mit dem Blick zu folgen.

Die Art, wie er sich bewegte, riefen Erinnerungen in ihr hervor, die sie schnell wieder zurückdrängte.

Dennoch konnte sie den Blick nicht abwenden, sodass sie ihren Sari zurücklassen musste, als einer der Mönche sie in den Tempel rief.

Auf dem Weg zum Tempel lief ihr wieder der unbekannte Pilger über den Weg und sie hatte ein ungutes Gefühl.

Sie war stehen geblieben und folgte ihm mit ihrem Blick.

„Ihr dürft euch nicht von Eurem Weg abbringen lassen", erklang eine Stimme hinter Aditi. Sie fuhr herum und stand einem der Mönche gegenüber. Schuldbewusst senkte sie ihren Kopf und nickte.

„Ihr habt recht, bitte verzeiht mir."

Mit einer lockeren Handbewegung entließ der Mönch Aditi, sodass sie ihren Weg fortsetzen konnte. Als sie am Tempel angekommen war, stand der Priester am Eingang.

Er forderte Aditi auf, hinein zu gehen, um sich der Zeremonie anzuschließen. Ungläubig und mit klopfendem Herzen schaute sie ihn an, ehe sie seiner Aufforderung nachkam.

Nach all der langen Zeit konnte sie kaum glauben, dass sie ab heute eine freie Frau sein würde.

Im Tempel stand die ganze Familie Sharma und warte nur auf Aditi. Langsam ging sie vor zum Priester und stellte sich neben Rahul, der mit sehnsüchtigem Blick auf sie wartete.

„Es ist soweit, Aditi, du hast ein ganzes Jahr in den Diensten der Gemeinschaft deine Schuldigkeit getan und bist jetzt bereit, ein neues Leben anzutreten. Welchen Namen du in Zukunft tragen wirst, werde ich dir nach dem gemeinsamen Gebet verraten."

Alle Pilger und Mönche versammelten sich im Tempel und davor, um gemeinsam zu beten. Es war die Befreiung vom Witwendasein, von allen damit verbundenen Aufgaben und Zurückhaltungen.

Verstohlen schaute Aditi sich um. Immer wieder suchte ihr Blick ihre Tochter, die bei Bamita und Anjalie stand. Sie lächelte, auch während des Gebetes.

Als ihr Blick weiter durch den Tempel wanderte, blieb er an einer Gestalt hängen, die eine Kutte trug und ganz in der Nähe stand. Der Fremde war bei dem Gebet dabei. Wieder beschlich Aditi das Gefühl, welches sie schon unten am Fluss hatte.

Etwas an ihm, weckte Erinnerungen, auch wenn er jetzt nur inmitten der anderen Pilger stand. Doch noch ehe Aditi begreifen konnte, was es war, dass ihr bekannt vorkam, drehte er sich um und verließ den Tempel.

„Aditi, komm zu mir, es ist Zeit, ich möchte dir deinen neuen Namen nennen."

In Gedanken versunken ging sie auf den Priester zu. „Ab dem heutigen Tage ist dein Name nicht mehr Aditi, Tochter von Kamala Zsupra.

Ab dem heutigen Tage ist dein Name Amisha Abirami Sharie. Amisha, sie lebe in Einklang mit der Welt.

Sie lebe hoch und sei gesegnet von Krishna."

Der Priester beendete die Zeremonie und sie flog förmlich in die Arme ihrer Tochter und dem Rest der Familie. Alle Schuld war von ihr genommen worden, sie konnte Rahul heiraten und mit ihm ein neues Leben beginnen.

Und doch ging ihr der fremde Pilger nicht aus dem Kopf. Immer wieder schlich er sich in ihre Gedanken und sorgte dafür, dass sich ihre Nackenhaare aufstellten.

Sie war zunehmend mit ihren Gedanken woanders, so dass es auch anderen auffallen musste.

„Amisha, was ist mit dir?"

„Ach, nichts. Ich... bin nur so froh, dass es endlich vorbei ist", log Amisha.

Anjalie nickte. „Komm, wir müssen dich fertigmachen. Morgen ist deine Hochzeit."

Ja, morgen war ihre Hochzeit. Sie sollte ihr Ziel nicht aus den Augen verlieren.

Am Tag ihrer Hochzeit, brachte Bamita ihr einen blauen Sari und den traditionellen roten Hochzeitsschleier. Anjalie war die ganze Zeit an ihrer Seite und half ihr, sich anzukleiden.

Als sie sich im Spiegel betrachtete, kamen Erinnerungen auf, die sie lange Zeit in ihrem Inneren verschlossen hatte.

Begraben, mit dem Tod ihres Mannes, da sie zu schmerzhaft waren.

„Anjalie, wie viel Zeit haben wir noch?", platzte sie atemlos hervor.

„Warum willst du das wissen? Kannst du es nicht mehr erwarten, meinem Bruder zu gehören?", scherzte sie.

„Nein, darum geht es nicht. Ich muss noch etwas erledigen."

„Etwas Zeit haben wir noch. Aber was hast du vor?"

„Kannst du bitte dafür sorgen, dass es nicht auffällt, dass ich weg bin? Ich erkläre dir alles, wenn ich wieder da bin."

„Aber..." Anjalie sah in ihren Augen, dass es für sie wichtig war, um sich dann auf Rahul vollständig einzulassen. „Geh. Aber bleib nicht zu lange. Zwei Stunden kann ich dich decken."

„Danke, Anjalie."

Amisha, lief, so schnell sie konnte, zu der Stelle, wo der Fremde gestern aus der Höhle gekommen war. Sie zögerte einen Moment, dann trat sie einen Schritt vor.

Sie musste wissen, warum dieser Mann sie so an ihre Vergangenheit erinnerte.

Weit kam sie nicht. Bevor sie in die Höhle eintreten konnte, kam der Fremde nach draußen.

Am Eingang blieb er stehen, genauso erstarrt, wie Amisha es war.

Dieses Mal trug er keine Kapuze und Amisha hatte das Gefühl, ihr Herz würde aus ihrer Brust springen.

„Du …", versuchte sie, etwas zu sagen, doch ihre Stimme brach, als ihr die Tränen in die Augen traten. „Das … unmöglich."

Fortsetzung folgt…

Ich möchte mich auf diesem Weg, bei meiner Cover-Designerin Jay bedanken, für ihre Geduld und ihre wundervolle Arbeit.

Ganz herzlich Dank sage ich an meine Lektorin Christin, die mir mit viel Geduld und sanftem Ton, bei so mancher Zeile geholfen hat, sodass es uns gelungen ist, ein wundervolles Buch entstehen zu lassen.

Bei meinen Testlesern bedanke ich mich aus vollem Herzen, mit dem Versprechen, das sie auch beim meinem nächsten Buch dabei sind.

Danke

Agra